CB121166

Asas Partidas

AREIA e ESPUMA

Título original: *The Broken Wings/Sand and Foam*
copyright © Editora Lafonte Ltda. 2024

Todos os direitos reservados.
Nenhuma parte deste livro pode ser reproduzida por quaisquer meios existentes sem autorização por escrito dos editores.

Direção Editorial ***Ethel Santaella***

REALIZAÇÃO

GrandeUrsa Comunicação

Direção *Denise Gianoglio*
Tradutor *Otavio Albano*
Revisão *Valéria Thomé*
Capa, Projeto Gráfico e Diagramação *Idée Arte e Comunicação*

Dados Internacionais de Catalogação na Publicação (CIP)
(eDOC BRASIL, Belo Horizonte/MG)

G447a

Gibran, Khalil.
Asas Partidas; Areia e Espuma / Khalil Gibran; traduzido por Otavio Albano. – São Paulo, SP: Lafonte, 2024.
160 p. : 15,5 x 23 cm

Título original: The Broken Wings; Sand and Foam
ISBN 978-65-5870-591-8 (Capa A)
ISBN 978-65-5870-592-5 (Capa B)

1. Ficção libanesa. 2. Literatura libanesa – Romance. I. Albano, Otavio. II. Título.

CDD 892.73

Elaborado por Maurício Amormino Júnior – CRB6/2422

Editora Lafonte

Av. Profª Ida Kolb, 551, Casa Verde, CEP 02518-000, São Paulo-SP, Brasil – Tel.: (+55) 11 3855-2100
Atendimento ao leitor (+55) 11 3855-2216 / 11 3855-2213 – atendimento@editoralafonte.com.br
Venda de livros avulsos (+55) 11 3855-2216 – vendas@editoralafonte.com.br
Venda de livros no atacado (+55) 11 3855-2275 – atacado@escala.com.br

KHALIL GIBRAN

Asas Partidas

AREIA e ESPUMA

Tradutor
Otavio Albano

Brasil, 2024

Lafonte

Sumário

Asas Partidas		6
PREFÁCIO		7
CAPÍTULO 1	SILENCIOSO PESAR	11
CAPÍTULO 2	A MÃO DO DESTINO	14
CAPÍTULO 3	ENTRADA NO SANTUÁRIO	18
CAPÍTULO 4	A TOCHA BRANCA	23
CAPÍTULO 5	A TEMPESTADE	26
CAPÍTULO 6	O LAGO DE FOGO	40
CAPÍTULO 7	DIANTE DO TRONO DA MORTE	59
CAPÍTULO 8	ENTRE CRISTO E ISHTAR	74
CAPÍTULO 9	O SACRIFÍCIO	80
CAPÍTULO 10	O SALVADOR	90
Areia e Espuma		98

Asas Partidas

Prefácio

Eu tinha 18 anos quando o amor abriu meus olhos com seus raios mágicos e tocou meu espírito pela primeira vez com seus dedos de fogo. Selma Karamy foi a primeira mulher que despertou meu espírito com sua beleza, conduzindo-me aos jardins da afeição superior, onde os dias passam como sonhos e as noites como casamentos.

Selma Karamy foi quem me ensinou a adorar a beleza, por meio do exemplo de sua própria, e revelou-me o segredo do amor com sua afeição; foi ela quem primeiro cantou para mim a poesia da vida real.

Todo jovem recorda-se de seu primeiro amor e tenta recapturar aquele estranho momento cuja lembrança muda seus sentimentos mais profundos e torna-o extremamente feliz, a despeito de toda a amargura de seu mistério.

Há uma "Selma" na vida de cada jovem, que lhe surge de repente, na primavera da vida, e transforma sua solidão em momentos felizes, preenchendo o silêncio de suas noites com música.

Eu estava profundamente absorto em pensamentos e contemplações, buscando compreender o significado da natureza e a revelação de livros e escrituras, quando ouvi a palavra "AMOR", sussurrada em meus ouvidos pelos lábios de Selma. Minha vida era um coma, tão vazia quanto a de Adão no Paraíso, quando vi Selma diante de mim como um sustentáculo de luz. Ela era a Eva que haveria de encher meu coração de enigmas e maravilhas e me faria entender o significado da vida.

A primeira Eva tirou Adão do Paraíso por sua própria vontade, ao passo que Selma me fez entrar voluntariamente no paraíso do amor puro e da virtude por conta de sua doçura e afeição; mas o que aconteceu com o primeiro homem também aconteceu comigo, e a palavra ardente que expulsou Adão do Paraíso foi semelhante àquela que me assustou com seu corte afiado, expulsando-me do paraíso de meu amor sem haver desobedecido a nenhuma ordem nem sequer provado do fruto da árvore proibida.

Hoje, depois de muitos anos, não me resta nada daquele lindo sonho, a não ser memórias dolorosas batendo como asas invisíveis ao meu redor, enchendo as profundezas de meu coração de tristeza e trazendo lágrimas aos meus olhos – e minha amada e linda Selma está morta, sem haver nada dela para exaltá-la além de meu coração partido e um túmulo rodeado por ciprestes. Tanto sua tumba quanto este coração são tudo o que restou para dar testemunho de Selma.

O silêncio que vigia seu túmulo não revela o segredo de Deus na obscuridade do caixão, tampouco o farfalhar dos galhos cujas raízes sugam os elementos de seu corpo contam os mistérios da sepultura, através dos suspiros agonizantes de meu coração que anunciam aos vivos o drama que o amor, a beleza e a morte cometeram.

Ah, amigos da minha juventude que estão espalhados pela cidade de Beirute, quando passarem pelo cemitério perto da floresta de pinheiros, entrem silenciosamente e andem devagar para que o barulho dos seus pés não perturbe o sono dos mortos – parem humildemente no túmulo de Selma e cumprimentem a terra que envolve seu cadáver, mencionando meu nome com um suspiro profundo, dizendo a si mesmos: “Aqui, todas as esperanças de Gibran, que vive no além-mar como prisioneiro do amor, foram enterradas. Neste local, perdeu ele sua felicidade, drenou suas lágrimas e esqueceu seu sorriso”.

Junto àquele túmulo cresce a infelicidade de Gibran, próxima aos ciprestes e, acima do túmulo, seu espírito cintila todas as noites em celebração a Selma, agregando-se aos galhos das árvores em lamentos tristes, chorando e lastimando a partida daquela que, ainda ontem, era uma bela melodia nos lábios da vida, tendo-se tornado, hoje, um silencioso segredo no seio da terra.

Ah, camaradas da minha juventude! Apelo a vocês em nome daquelas virgens que seus corações amaram, para que depositem uma coroa de flores no túmulo abandonado da minha amada, pois as flores que colocarem na sepultura de Selma haverão de ser, à vista dos olhos da aurora, como gotas de orvalho caindo nas folhas das rosas murchas.

CAPÍTULO 1

Silencioso pesar

Vizinhos meus, vocês se recordam do alvorecer da juventude com prazer e lamentam sua passagem; mas me lembro dele como um prisioneiro que evoca as barras e algemas de sua prisão. Vocês falam daqueles anos entre a infância e a juventude como uma era de ouro, livre de restrições e preocupações, mas eu denomino aquela época uma era de silenciosa tristeza, que recaiu como uma semente em meu coração e cresceu com ele, sem conseguir encontrar saída para o mundo do conhecimento e da sabedoria, até que veio o amor lhe abrir as portas e iluminar suas arestas. O amor providenciou-me uma língua e lágrimas. Vocês lembram-se dos jardins, das orquídeas, dos pontos de encontro e esquinas que testemunharam suas brincadeiras e ouviram seus sussurros inocentes; eu lembro-me também do lindo local no norte do Líbano. Toda vez que fecho meus olhos, vejo aqueles vales cheios de magia e altivez e aquelas montanhas cobertas de glória e grandiosidade tentando alcançar o céu. Toda vez que fecho meus ouvidos para o clamor da cidade, ouço o murmúrio dos riachos e o farfalhar dos galhos. Todas essas belezas que menciono agora – e que desejo voltar a ver, tal qual uma criança que anseia pelo seio da mãe - feriram meu espírito, aprisionado na escuridão da juventude, como um falcão sofre em sua gaiola ao ver um bando de pássaros voando livremente no amplo céu. Aqueles vales e colinas incendiaram minha imaginação, mas pensamentos amargos teceram ao redor de meu coração uma rede de desespero.

Toda vez que eu ia para os campos, voltava decepcionado, sem entender a causa de minha decepção. Cada vez que eu olhava para o céu cinzento, sentia meu coração se contrair. Toda vez que eu ouvia o canto dos pássaros e o balbuciar da primavera, sofria sem entender a razão de meu sofrimento. Dizem que a falta de sofisticação torna o homem vazio, e que o vazio o livra de preocupações. Isso bem pode ser verdade entre aqueles que já nasceram mortos e que apenas existem, como cadáveres congelados; mas o menino emotivo, que tem muitos sentimentos e pouco sabe do mundo, é a criatura mais infeliz sob o sol, por ser dilacerado por duas forças opostas, a primeira elevando-o e mostrando-lhe a beleza da existência através de uma névoa de sonhos e, a segunda, amarrando-o à terra, enchendo seus olhos de poeira e dominando-o com medos e escuridão.

A solidão tem mãos suaves e sedosas, mas, com dedos fortes, ela agarra o coração e faz com que se condoa de pesar. A solidão é uma aliada da tristeza, assim como uma companheira da exaltação espiritual.

A alma do menino que passa pela agitação da tristeza é como um lírio branco que começa a se abrir. Ele treme diante da brisa, abre seu coração para o amanhecer e dobra suas folhas para trás assim que chegam as sombras da noite. Se esse menino não tiver nenhuma distração nem amigos ou companheiros em suas brincadeiras, sua vida será como uma prisão isolada, em que ele não será capaz de ver nada além de teias de aranha, nem ouvir nada que não seja o rastejar de insetos.

Aquela tristeza que me obcecou durante minha juventude não foi causada por falta de distrações, porque eu poderia muito bem tê-las; nem por falta de amigos, porque era capaz de encontrá-los. Aquela tristeza foi causada por uma doença interior que me fazia amar a solidão. Ela matou em mim a inclinação para as brincadeiras e as diversões. Removeu dos meus ombros as asas da juventude e fez de mim uma lagoa entre as montanhas, refletindo em sua calma superfície as sombras dos espíritos e as cores das nuvens e árvores, sem, no entanto, conseguir encontrar um meio por onde passar cantando para o mar.

Assim era minha vida antes de atingir a idade de 18 anos. Aquele ano foi como um ápice em minha existência, pois despertou o conhecimento em mim e fez-me entender as vicissitudes da humanidade. Naquele ano eu renasci e, a menos que uma pessoa nasça novamente, sua vida permanecerá como uma folha em branco no livro da existência. Naquele ano, vi os anjos do céu olhando para mim através dos olhos de uma linda mulher. Também vi os demônios do inferno enfurecidos no coração de um homem mau. Aquele que não vê os anjos e demônios na beleza e na malícia da vida estará muito distante do conhecimento, e seu espírito permanecerá vazio de afeição.

CAPÍTULO 2

A mão do destino

Na primavera daquele ano maravilhoso, encontrava-me em Beirute. Os jardins estavam cheios das flores típicas do Nisan[1] e a terra estava coberta de grama verde, tudo como um segredo da terra revelado ao Céu. As laranjeiras e macieiras – parecendo *huris*[2] ou noivas enviadas pela natureza para inspirar poetas e excitar a imaginação – usavam vestes brancas de flores perfumadas.

A primavera é linda em todos os lugares, mas ainda mais no Líbano. Tal qual um espírito que vagueia pela terra, mas paira sobre o Líbano,

1 Mês do calendário assírio equivalente ao mês de abril no calendário gregoriano. (N. do T.)

2 No ideário muçulmano, virgens celestiais. (N. do T.)

conversando com reis e profetas, cantando com os rios as canções de Salomão e repetindo com os cedros sagrados do Líbano a memória de sua antiga glória. Beirute, livre da lama do inverno e da poeira do verão, mostra-se como uma noiva na primavera ou como uma sereia sentada à beira de um riacho secando sua pele lisa aos raios do sol.

Certo dia, no mês de Nisan, fui visitar um amigo cuja casa ficava a alguma distância da glamurosa cidade. Enquanto conversávamos, um distinto homem de aproximadamente 65 anos entrou na casa. Quando me levantei para cumprimentá-lo, meu amigo apresentou-o como Farris Effandi Karamy e, então, disse-lhe meu nome, acompanhado de palavras lisonjeiras. O velho olhou para mim por um momento, tocando sua testa com as pontas dos dedos, como se estivesse tentando recuperar algo em sua memória. Então, aproximou-se de mim sorrindo e disse:

— Você é filho de um amigo meu muito querido, e estou feliz em ver esse amigo na sua pessoa.

Bastante afetado por suas palavras, fiquei fascinado por ele como um pássaro cujo instinto o leva ao ninho antes da chegada da tempestade. Quando nos sentamos, contou-nos sobre sua amizade com meu pai, relembrando o tempo que passaram juntos. Um velho gosta de rememorar os dias de sua juventude, como um estrangeiro que anseia por voltar ao seu próprio país. Delicia-se em contar histórias pretéritas como um poeta que encontra prazer em recitar seu melhor poema. Ele vive espiritualmente no passado porque o presente passa muito rapidamente, e o futuro parece-lhe aproximá-lo do esquecimento do túmulo. Uma hora cheia de velhas memórias passou como as sombras das árvores sobre a grama. Quando Farris Effandi preparava-se para sair, colocou sua mão esquerda em meu ombro e apertou minha mão direita, dizendo:

— Não vejo seu pai há 20 anos. Espero que tome o lugar dele em visitas frequentes à minha casa.

Muito agradecido, prometi cumprir meu dever para com um amigo querido de meu pai.

Então, o velho partiu, e pedi ao meu amigo que me falasse mais a seu respeito. Disse ele:

— Não conheço nenhum outro homem em Beirute cuja riqueza o tenha tornado gentil, e cuja gentileza o tenha tornado rico. Trata-se de um dos poucos sujeitos que vêm a este mundo e dele partem sem prejudicar ninguém; mas pessoas desse tipo geralmente são miseráveis e oprimidas por não serem inteligentes o suficiente para se safarem da desonestidade alheia. Farris Effandi tem uma filha cujo caráter é semelhante ao dele e cuja beleza e graciosidade são indescritíveis, e haverá de ser miserável, pois a riqueza de seu pai já a colocou à beira de um horrível precipício.

À medida que ele pronunciava tais palavras, notei que seu rosto se obscurecia. Em seguida, ele continuou:

— Farris Effandi é um velho bom, com um coração nobre, mas lhe falta força de vontade. As pessoas conduzem-no como a um cego. Sua filha obedece-o, a despeito de todo o orgulho dela, de toda a sua inteligência, e eis aí o segredo que vive à espreita na vida dos dois. Esse segredo foi descoberto por um homem mau, um bispo cuja maldade se esconde à sombra de seu Evangelho. Ele faz com que as pessoas acreditem se tratar de alguém gentil e nobre. É o chefe da religião nesta terra de religiões. As pessoas obedecem-no e adoram-no. Ele conduz todos como um rebanho de cordeiros rumo ao matadouro. Esse tal bispo tem um sobrinho repleto de ódio e de corrupção. Mais cedo ou mais tarde, chegará o dia em que ele colocará seu sobrinho à sua direita e a filha de Farris Effandi à sua esquerda e – segurando com sua mão maligna a coroa do matrimônio sobre a cabeça deles – amarrará uma virgem pura a um degenerado imundo, pousando o coração do dia sobre o seio da noite.

"Isso é tudo que posso dizer a respeito de Farris Effandi e sua filha. Por isso, não me faça mais perguntas."

E, ao dizê-lo, ele virou a cabeça em direção à janela, como se tentasse resolver os problemas da existência humana concentrando-se na beleza do universo.

Saindo da casa, disse ao meu amigo que visitaria Farris Effandi dentro de alguns dias, com o propósito de cumprir minha promessa e pelo bem da amizade que o unira a meu pai. Ele encarou-me por um instante e notei uma mudança em sua expressão, como se minhas poucas palavras simples tivessem lhe revelado uma nova ideia. Então, ele olhou diretamente através dos meus olhos de uma maneira estranha, um olhar de amor, misericórdia e medo – o olhar de um profeta que prevê o que ninguém mais seria capaz de adivinhar. Em seguida, seus lábios estremeceram levemente, mas ele nada disse quando comecei a andar em direção à porta. Aquele olhar estranho continuou a me seguir, e não fui capaz de entender seu significado até que eu crescesse no mundo da experiência, em que os corações se entendem intuitivamente, e os espíritos amadurecem com o conhecimento.

CAPÍTULO 3

Entrada no santuário

Em poucos dias, a solidão venceu-me e eu fiquei exausto dos rostos sombrios dos livros; assim, aluguei uma carruagem e parti para a casa de Farris Effandi. Quando cheguei ao bosque de pinheiros onde as pessoas costumavam fazer piqueniques, o motorista pegou um caminho particular, sombreado por salgueiros de ambos os lados. Passando em meio a eles, podíamos ver a beleza da grama verde, as videiras e as inúmeras flores que desabrocham no mês de Nisan.

Poucos minutos depois, a carruagem parou diante de uma única casa no meio de um lindo jardim. O perfume de rosas, gardênias e jasmins enchia o ar. Quando desci e entrei no espaçoso quintal, vi Farris Effandi aproximando-se. Levou-me, então, para dentro de sua casa, recepcionando-me calorosamente e sentando-se ao meu lado, como um pai feliz ao ver o filho, enchendo-me de perguntas sobre minha vida, meu futuro e minha formação. Respondia-lhe tudo que me perguntava, com a voz repleta de ambição e zelo, já que ouvia soar em meus ouvidos o hino da glória e navegava no calmo mar dos sonhos esperançosos. Neste momento, uma bela jovem, trajando um magnífico vestido de seda branca, apareceu por detrás das cortinas de veludo da porta e caminhou em minha direção. Farris Effandi e eu nos levantamos de nossos assentos.

— Esta é minha filha, Selma — disse o velho. Então, apresentou-me a ela, dizendo: — O destino trouxe de volta um velho e querido amigo meu na pessoa de seu filho. — Selma encarou-me por um momento, como se estivesse duvidando que um visitante pudesse ter entrado em sua casa.

Sua mão, quando a toquei, era como um lírio branco, e uma estranha pontada perfurou meu coração.

Nós todos nos sentamos em silêncio, como se Selma tivesse trazido para a sala seu espírito celestial, digno de um respeito mudo. Ao sentir o silêncio, ela sorriu para mim e disse:

— Muitas vezes, meu pai repetiu para mim as histórias de sua juventude e dos velhos tempos que ele e seu pai passaram juntos. Se seu pai falou com você da mesma forma, então este encontro não é o primeiro que temos.

O velho ficou encantado ao ouvir a filha falando daquela maneira e disse:

— Selma é muito sentimental. Ela vê tudo através dos olhos do espírito. — Retomou, então, sua conversa com cuidado e tato, como se tivesse encontrado em mim um encanto que o levava nas asas da memória rumo aos dias do passado.

Enquanto eu o contemplava, sonhando com meus próprios anos passados, ele olhava para mim como uma árvore velha e altiva que resistira às tempestades e ao sol projetando sua sombra sobre uma pequena muda que balança diante da brisa do amanhecer.

Mas Selma continuou em silêncio. Ocasionalmente, olhava para mim e, em seguida, para o pai, como se estivesse lendo o primeiro e o último capítulos do drama da vida. O dia passava mais rápido naquele jardim, e eu era capaz de ver através da janela o beijo amarelado e fantasmagórico do poente sobre as montanhas do Líbano. Farris Effandi continuou a contar suas experiências e eu o ouvia extasiado, respondendo com tanto entusiasmo que sua tristeza se transformava em felicidade.

Selma sentou-se perto da janela, olhando com olhos tristes, sem falar nada, embora a beleza tenha sua própria linguagem celestial, mais elevada do que as vozes de línguas e lábios. Trata-se de uma linguagem atemporal, comum a toda a humanidade, um lago calmo que atrai os riachos melodiosos para a sua profundidade, silenciando-os.

Apenas nosso espírito pode entender a beleza ou viver e crescer com ela. Ela confunde nossa mente e somos incapazes de descrevê-la em palavras, trata-se de uma sensação que nossos olhos não podem ver, oriunda tanto do objeto observado quanto daquele que o observa. A verdadeira beleza é um raio que emana do mais sacro espírito e ilumina o corpo, assim como a vida emana das profundezas da terra para proporcionar cor e perfume a uma flor. A verdadeira beleza está no acordo espiritual chamado amor, que pode existir entre um homem e uma mulher.

O espírito de Selma e o meu estenderam-se um ao outro naquele dia em que nos conhecemos. Foi esse anseio que me fez vê-la como a mulher mais linda sob o sol? Ou eu estava intoxicado com o vinho da juventude, que me fez imaginar o que nunca existira?

Acaso minha juventude cegou meus olhos naturais e fez com que eu imaginasse o brilho de seu olhar, a doçura de sua boca e a graça de sua figura? Ou seu brilho, doçura e graça foram os responsáveis por abrir meus olhos e me mostrar a felicidade e a tristeza do amor?

É difícil responder a essas perguntas, mas digo com sinceridade que, naquela hora, senti uma emoção que nunca havia sentido antes, uma nova afeição repousando calmamente em meu coração, como o espírito pairando sobre as águas na criação do mundo e, dessa afeição, nasceram minha felicidade e minha tristeza. E assim terminou a hora de meu primeiro encontro com Selma, e assim a vontade do Céu libertou-me da escravidão da juventude e da solidão e deixou-me caminhar na procissão do amor. O amor é a única liberdade no mundo, pois eleva tanto o espírito que as leis da humanidade e os fenômenos da natureza não alteram seu curso.

Quando me levantei de meu assento para partir, Farris Effandi aproximou-se de mim e disse, solenemente:

— Agora, meu filho, já que você conhece o caminho para esta casa, deve vir sempre e sentir que está vindo para a casa de seu pai. Considere-me como um pai e Selma como uma irmã. — Dizendo isso, virou-se para Selma como que pedindo confirmação do que havia acabado de declarar. Ela assentiu positivamente e, em seguida, olhou para mim como alguém que encontrava um velho conhecido.

Essas palavras proferidas por Farris Effandi Karamy colocavam-me lado a lado com sua filha no altar do amor. Eram uma canção celestial que começava com exaltação e terminava com tristeza, elevando nosso espírito ao reino da luz e da chama ardente; elas eram a taça da qual bebíamos felicidade e amargura.

Saí da casa. O velho acompanhou-me até o limite do jardim, enquanto meu coração pulsava como os lábios trêmulos de um homem morrendo de sede.

CAPÍTULO 4

A tocha branca

O mês de Nisan estava acabando. Continuei a visitar a casa de Farris Effandi e a encontrar Selma naquele lindo jardim, contemplando sua beleza, maravilhando-me com sua inteligência e ouvindo a quietude da tristeza. Sentia uma mão invisível que me impelia na direção dela.

Cada visita trazia-me um novo significado para sua beleza e uma nova percepção de seu doce espírito, até ela se tornar um livro cujas páginas eu era capaz de compreender e cujos hinos conseguia cantar, mas nunca me via capaz de terminar de lê-las. Que a Providência a tinha dotado de beleza de espírito e de corpo era uma verdade – uma verdade ao mesmo tempo pública e secreta – que podemos entender apenas através do amor e tocar tão-somente através da virtude e, ao tentarmos descrever tal mulher, ela desaparece como vapor.

Selma Karamy tinha beleza física e espiritual, mas como posso descrevê-la para alguém que nunca a conheceu? Acaso pode um homem morto se lembrar do canto de um rouxinol, da fragrância de uma rosa e do rumor de um riacho? Pode um prisioneiro que carrega pesadas algemas seguir a brisa do amanhecer? Acaso não é o silêncio mais doloroso do que a morte? O orgulho me impede de descrever Selma em palavras simples por não ser eu capaz de desenhá-la verdadeiramente com cores luminosas? Um homem faminto em um deserto não há de se recusar a comer pão seco se o Céu não o banhar com maná e codornizes.

Em seu vestido de seda branca, Selma era esbelta como um raio de luar penetrando pela janela. Ela andava graciosa e ritmicamente. Sua voz era baixa e doce, as palavras surgiam de seus lábios como gotas de orvalho caindo das pétalas das flores ao serem perturbadas pelo vento.

Mas o rosto de Selma! Palavra nenhuma pode descrever sua expressão, refletindo, inicialmente, grande sofrimento interno e, em seguida, exaltação celestial.

A beleza do rosto de Selma não era clássica; era como um sonho de revelação que não pode ser medido, limitado ou copiado pelo pincel de um pintor ou pelo cinzel de um escultor. A beleza de Selma não residia em seus cabelos dourados, mas na virtude da pureza que os cercava; nem em seus grandes olhos, mas na luz que deles emanava; nem em seus lábios vermelhos, mas na doçura de suas palavras; nem em seu pescoço de marfim, mas na leve curva que o projetava para a frente. Tampouco estava em sua figura perfeita, mas sim na nobreza de seu espírito, queimando como uma tocha branca entre a terra e o céu. Sua beleza era como um presente de poesia. Mas os poetas apenas olham para pessoas infelizes, pois, independentemente da altura a que se elevam o espírito delas, eles ainda estarão envoltos em um invólucro de lágrimas.

Selma era profundamente pensativa - em vez de falante - e seu silêncio denotava um tipo de música que transportava qualquer um para um mundo de sonhos, fazendo-o ouvir as batidas do próprio coração e ver os fantasmas de seus pensamentos e sentimentos diante de si, apenas ao olhar para os olhos dela.

Durante toda a vida, ela usou um manto de profunda tristeza, o que aumentava sua estranha beleza e dignidade, assim como é mais bela uma árvore em flor quando vista através da névoa do amanhecer.

O pesar ligava o espírito dela ao meu, como se cada um de nós visse no rosto do outro o que o coração sentia e ouvisse o eco de uma voz oculta. Deus havia feito dois corpos em um, e a separação não poderia ser nada além de agonia.

Espíritos tristes encontram descanso quando se unem a um semelhante. Associam-se afetuosamente, como um estrangeiro se anima ao ver outro estrangeiro em uma terra estranha. Corações que estão unidos por meio da tristeza não serão separados pela glória da felicidade. O amor que é purificado por lágrimas permanecerá externamente puro e belo.

CAPÍTULO 5
A tempestade

Certo dia, Farris Effandi convidou-me para jantar em sua casa. Aceitei, meu espírito faminto pelo pão divino que o Céu colocara nas mãos de

Selma, o pão espiritual que torna nossos corações mais famintos quanto mais comemos dele. Foi desse pão que Kais, o poeta árabe, Dante e Safo provaram, distanciando o coração deles da gente comum; o pão que a deusa prepara com a doçura dos beijos e a amargura da lágrimas.

Ao chegar à casa de Farris Effandi, vi Selma sentada em um banco no jardim, apoiando a cabeça em uma árvore e parecendo uma noiva em seu vestido de seda branca ou uma vigia guardando o lugar.

Silenciosa e reverentemente, aproximei-me e sentei-me ao lado dela. Não conseguia falar e, então, recorri ao silêncio, a única linguagem do coração, mas senti que Selma ouvia meu chamado sem palavras e observava o fantasma de minha alma em meus olhos.

Poucos minutos depois, o velho saiu e cumprimentou-me como de costume. Assim que ele estendeu a mão em minha direção, senti como se estivesse abençoando os segredos que me uniam à sua filha. Então, ele disse:

— O jantar está pronto, meus filhos. Vamos comer. — Nós nos levantamos e o seguimos, e os olhos de Selma brilharam, já que um novo sentimento havia sido adicionado ao seu amor, pelo simples fato de seu pai nos ter chamado de seus filhos.

Nós nos sentamos à mesa apreciando a comida e bebendo o velho vinho, mas nossas almas viviam em um mundo distante. Estávamos sonhando com o futuro e com suas dificuldades.

Três pessoas estavam separadas em pensamentos, mas unidas em amor; três pessoas inocentes, com muito sentimento, mas pouco saber. Um drama estava sendo encenado por um velho que amava sua filha e se importava com sua felicidade, uma jovem de 20 anos olhando para o futuro com ansiedade, e um jovem sonhador e preocupado, que não havia provado nem o vinho da vida nem seu vinagre, tentando alcançar o ápice do amor e do conhecimento, mas incapaz de se erguer. Nós três, sentados sob o crepúsculo, comíamos e bebíamos naquele lar solitário, guardados pelos olhos do Céu - mas, no fundo de nossos copos, ocultavam-se amargura e angústia.

Quando terminamos de comer, uma das criadas anunciou a presença de um homem à porta que queria ver Farris Effandi.

— De quem se trata? — perguntou o velho.

— O mensageiro do bispo — respondeu a criada. Fez-se um momento de silêncio, durante o qual Farris Effandi olhou para sua filha como um profeta olha para o Céu para adivinhar seu segredo. Então, disse à criada:

— Deixe o homem entrar.

Assim que ela saiu, um homem vestido em uniforme tipicamente oriental e com um grande bigode enrolado nas pontas entrou e cumprimentou o velho, dizendo-lhe:

— Sua Graça, o bispo, enviou-me para buscá-lo em sua carruagem particular. Ele deseja discutir negócios importantes com o senhor. — O rosto do velho enevoou-se e seu sorriso desapareceu. Depois de um momento de profunda reflexão, ele aproximou-se de mim e disse, com uma voz amigável:

— Espero encontrá-lo aqui quando eu voltar, pois Selma há de desfrutar de sua companhia neste lugar solitário.

Dizendo isso, virou-se para Selma e, sorrindo, perguntou se ela concordava. Ela assentiu, mas suas faces ficaram vermelhas e, com uma voz mais doce do que a música da lira, ela disse:

— Farei o meu melhor, meu pai, para deixar nosso convidado feliz.

Selma observou a carruagem que levava seu pai e o mensageiro do bispo até ela desaparecer. Então, veio sentar-se diante de mim em um divã recoberto de seda verde. Ela parecia um lírio recurvado pela brisa do amanhecer sobre um tapete de grama. Era a vontade do Céu que eu me encontrasse sozinho com Selma, à noite, em sua bela casa cercada por árvores, onde o silêncio, o amor, a beleza e a virtude moravam juntos.

Nós dois ficamos em silêncio, cada um à espera de que o outro falasse, mas a fala não é o único meio de entendimento entre duas almas. Não são as sílabas que saem dos lábios e as línguas que unem os corações.

Há algo maior e mais puro do que aquilo que a boca profere. O silêncio ilumina nossas almas, sussurra aos nossos corações. O silêncio nos separa de nós mesmos, fazendo-nos navegar no firmamento do espírito e aproximando-nos do Céu; ele faz com que sintamos que os corpos não são mais do que prisões e que este mundo é apenas um lugar de exílio.

Selma olhou para mim e seus olhos revelaram o segredo de seu coração. Então, ela disse calmamente:

— Vamos para o jardim, sentar sob as árvores e observar a lua nascer atrás das montanhas. — Obedientemente, levantei-me de meu assento, mas hesitei.

— Não acha melhor ficarmos aqui até a lua nascer e iluminar o jardim? — E continuei: — A escuridão esconde as árvores e as flores. Não podemos ver nada.

Ela disse, então:

— Se a escuridão esconde as árvores e as flores dos nossos olhos, não haverá de esconder o amor dos nossos corações.

Pronunciando essas palavras com um tom estranho, ela virou os olhos e mirou através da janela. Fiquei em silêncio, ponderando suas palavras, pesando o verdadeiro significado de cada sílaba. Em seguida, ela olhou para mim como se lamentasse o que acabara de dizer e tentou retirar suas palavras dos meus ouvidos pela magia de seu olhar. Mas aqueles olhos, em vez de me fazerem esquecer o que ela havia dito, repetiram através das profundezas de meu coração de forma mais clara e eficaz as doces palavras que já estavam gravadas em minha memória para a eternidade.

Toda beleza e grandeza neste mundo é criada por um único pensamento ou emoção dentro do homem. Tudo o que hoje vemos produzido pela geração passada era, antes de sua aparição, um pensamento na mente de um homem ou um impulso no coração de uma mulher. As revoluções que derramaram tanto sangue e transformaram a mente dos homens em direção à liberdade eram a ideia de um único sujeito que vivia em meio a milhares de outros. As guerras devastadoras que destruíram impérios eram um pensamento que existia na mente de um só indivíduo. Os ensinamentos supremos que mudaram o curso da humanidade foram as ideias de um homem cujo gênio o separava de seu ambiente. Um único pensamento construiu as pirâmides, fundou a glória do islamismo e causou o incêndio da biblioteca de Alexandria.

À noite, um pensamento virá até você e haverá de elevá-lo à glória ou levá-lo ao manicômio. Um olhar de uma mulher fará de você o homem mais feliz do mundo. Uma palavra dos lábios de um homem haverá de torná-lo rico ou pobre.

A palavra que Selma proferiu naquela noite prendeu-me entre meu passado e meu futuro, como um barco que está ancorado no meio do oceano. Aquela palavra despertou-me do sono da juventude e da solidão, colocando-me no palco no qual a vida e a morte desempenham seus papéis.

O perfume das flores misturava-se à brisa quando entramos no jardim e nos sentamos silenciosamente em um banco próximo a um jasmim, ouvindo a respiração da natureza adormecida, ao passo que, no céu azul, os olhos do paraíso testemunhavam nosso drama.

A lua surgiu por detrás do Monte Sannine e brilhou sobre a costa, as colinas e montanhas, e podíamos ver as aldeias margeando o vale como aparições, que, subitamente, haviam sido conjuradas do nada. Podíamos ver a beleza do Líbano sob os raios prateados da lua.

Os poetas do Ocidente pensam no Líbano como um lugar lendário, esquecido desde a morte de Davi, de Salomão e dos profetas, assim como o Jardim do Éden se perdeu após a queda de Adão e Eva. Para esses poetas ocidentais, a palavra

"Líbano" é uma expressão poética associada a uma montanha, cujas encostas estão embebidas no incenso dos cedros sagrados. Ela faz com que se lembrem dos templos de cobre e mármore, austeros e invencíveis, e de um rebanho de cervos se alimentando nos vales. Naquela noite, vi um Líbano onírico, com os olhos de um poeta.

É assim que a aparência das coisas muda de acordo com as emoções, vendo-se nelas magia e beleza, ao passo que essa magia e essa beleza estão realmente em nós mesmos.

Enquanto os raios da lua brilhavam no rosto, pescoço e braços de Selma, ela parecia uma estátua de marfim esculpida pelos dedos de algum adorador de Ishtar, a deusa da beleza e do amor. Enquanto olhava para mim, ela disse:

— Por que você está em silêncio? Por que não me conta algo sobre seu passado?

Enquanto eu olhava para ela, minha mudez desapareceu, abri meus lábios e disse:

— Você não ouviu o que eu disse quando chegamos a este pomar? O espírito que ouve o sussurro das flores e o canto do silêncio também pode ouvir o grito da minha alma e o clamor do meu coração.

Ela cobriu o rosto com as mãos e disse com a voz trêmula:

— Sim, eu ouvi você. Ouvi uma voz vindo do seio da noite e um clamor rugindo no coração do dia!

Esquecendo-me de meu passado, de minha própria existência, esquecendo-me de tudo, menos de Selma, respondi-lhe, dizendo:

— E eu também ouvi você, Selma. Ouvi uma música estimulante pulsando no ar e fazendo todo o universo estremecer.

Ao ouvir tais palavras, ela fechou os olhos, e em seus lábios vi um sorriso de prazer misturado com tristeza. Ela sussurrou suavemente:

— Agora sei que há algo mais alto do que o céu, mais profundo do que o oceano e mais estranho do que a vida, a morte e o tempo. Agora sei o que não sabia antes.

Naquele momento, Selma tornou-se mais querida do que uma amiga, mais próxima do que uma irmã e mais amada do que uma amante. Ela tornou-se um pensamento supremo, uma emoção linda e avassaladora vivendo em meu espírito.

É errado pensar que o amor vem de uma longa companhia e de uma corte obstinada. O amor é fruto da afinidade espiritual e, a menos que essa afinidade seja criada em um só momento, não haverá de ser criada em anos ou mesmo gerações.

Então, Selma levantou a cabeça, olhou para o horizonte onde o Monte Sannine encontra o céu e disse:

— Ontem, você era como um irmão para mim, com quem eu vivia e ao lado de quem eu me sentava calmamente sob os cuidados do meu pai. Agora, sinto a presença de algo mais estranho e mais doce do que uma afeição fraternal, uma mistura pouco familiar de amor e medo que enche meu coração de tristeza e de felicidade.

— Essa emoção que tememos e que nos abala ao passar por nossos corações é a lei da natureza que guia a lua ao redor da terra e o sol ao redor de Deus – respondi.

Ela colocou a mão em minha cabeça e entrelaçou os dedos em meus cabelos. Seu rosto iluminou-se, lágrimas saíram de seus olhos como gotas de orvalho nas folhas de um lírio, e ela disse:

— Quem acreditaria em nossa história – quem acreditaria que, neste momento, superamos os obstáculos da dúvida? Quem acreditaria que o mês de Nisan, que nos uniu pela primeira vez, é o mesmo mês que nos deteve no que há de mais sagrado na vida?

Sua mão continuava em minha cabeça à medida que ela falava, e eu não teria preferido uma coroa real ou uma guirlanda de glórias àquela bela e macia mão, cujos dedos estavam entrelaçados em meus cabelos.

Então, respondi-lhe:

— As pessoas não vão acreditar em nossa história porque não sabem que o amor é a única flor que cresce e floresce sem a ajuda das estações, e foi Nisan que nos uniu pela primeira vez, mas acaso foi este momento que nos prendeu ao que há de mais sagrado na vida? Não foi, pois, a mão de Deus que uniu nossas almas antes do nascimento e nos fez prisioneiros um do outro por todos os dias e noites? A vida do homem não começa no útero e nunca termina no túmulo e este firmamento, cheio de luar e de estrelas, não está livre de almas amorosas e de espíritos intuitivos.

Quando ela afastou a mão de minha cabeça, senti uma espécie de vibração elétrica nas raízes de meus cabelos, misturada à brisa noturna. Como um devoto adorador que recebe sua bênção beijando o altar de um santuário, peguei a mão de Selma, coloquei meus lábios ardentes sobre ela e dei-lhe um longo beijo, cuja lembrança derrete meu coração e desperta toda a virtude do meu espírito por sua doçura.

Uma hora se passou, e cada minuto seu era um ano de amor. O silêncio da noite, o luar, as flores e as árvores fizeram-nos esquecer de toda a realidade, à exceção do amor, quando subitamente ouvimos o galope dos cavalos e o barulho das rodas da carruagem. Despertados de nosso agradável desvanecimento e expulsos do mundo dos sonhos para mergulhar no mundo da perplexidade e da miséria, descobrimos que o velho havia retornado de sua missão. Levantamo-nos e caminhamos pelo pomar para encontrá-lo.

A carruagem chegou, então, à entrada do jardim, Farris Effandi desmontou e caminhou lentamente em nossa direção, curvando-se ligeiramente para a frente como se estivesse carregando algo pesado. Aproximou-se de Selma e colocou as duas mãos em seus ombros, encarando-a. Lágrimas escorriam por suas faces enrugadas, e seus lábios estremeciam com um sorriso triste. Com a voz embargada, ele disse:

— Minha amada Selma, muito em breve você será tirada dos braços de seu pai rumo aos braços de outro homem. Muito em breve, o destino haverá de levá-la deste lar solitário para a ampla corte do mundo, e este jardim sentirá falta da pressão de seus passos, e seu pai se tornará um estranho para você. Tudo está feito; que Deus a abençoe.

Ao ouvir tais palavras, o rosto de Selma enevoou-se e seus olhos congelaram-se como se ela houvesse sentido uma premonição de morte. Ela, então, soltou um grito, como um pássaro abatido, sofrendo e tremendo, e com a voz embargada disse:

— O que está dizendo? O que quer dizer? Para onde está me enviando?

Olhou inquisitivamente para ele em seguida, tentando descobrir seu segredo. Um instante depois, disse:

— Entendo. Entendo tudo. O bispo exigiu que o senhor me entregasse e preparou uma gaiola para este pássaro com as asas quebradas. É essa a sua vontade, pai?

Sua resposta foi um suspiro profundo. Carinhosamente, ele levou Selma para dentro de casa enquanto eu permaneci de pé no jardim, ondas de perplexidade atingindo-me como uma tempestade sobre as folhas do outono. Então, segui-os até a sala de estar e, para evitar qualquer constrangimento, apertei a mão do velho, olhei para Selma, minha linda estrela, e deixei a casa.

Quando cheguei ao fim do jardim, ouvi o velho chamando-me e virei-me para encontrá-lo. Desculpando-se, ele pegou minha mão e disse:

— Perdoe-me, meu filho. Estraguei sua noite com o derramamento de lágrimas, mas, por favor, venha me ver quando minha casa estiver deserta e eu me encontrar solitário e desesperado. A juventude, meu querido filho, não combina com a senilidade, assim como a manhã não deve encontrar a noite; mas você há de vir até mim e trazer à minha memória os dias de juventude que passei com seu pai, contando-me as notícias da vida que não me tem mais como um de seus filhos. Acaso deixará de me visitar quando Selma for embora e eu ficar aqui na solidão?

Enquanto ele dizia essas palavras tristes e eu silenciosamente apertava a mão dele, senti as lágrimas quentes caindo de seus olhos sobre meu pulso. Estremecendo de tristeza e afeição filial, senti como se meu coração estivesse sufocando de desgosto. Quando levantei minha cabeça e ele viu as lágrimas em meus olhos, curvou-se em minha direção e tocou minha testa com seus lábios.

— Adeus, meu filho, adeus.

A lágrima do velho é mais potente que a do jovem, pois é o resíduo da vida em seu corpo enfraquecido. A lágrima do jovem é como uma gota de orvalho na folha de uma rosa, ao passo que a do velho é como uma folha amarelada que cai com o vento quando da aproximação do inverno.

Quando saí da casa de Farris Effandi Karamy, a voz de Selma ainda ressoava em meus ouvidos, sua beleza seguia-me como um fantasma, e as lágrimas de seu pai secavam lentamente em minha mão.

Minha partida foi como o êxodo de Adão do Paraíso, mas a Eva do meu coração não estava comigo para fazer do mundo inteiro um Éden. Naquela noite, na qual eu havia nascido de novo, senti que vi o rosto da morte pela primeira vez.

E assim o sol anima e mata os campos com seu calor.

CAPÍTULO 6

O lago de fogo

Tudo o que um homem faz em segredo na escuridão da noite haverá de ser revelado claramente à luz do dia. Palavras proferidas em privacidade tornam-se, inesperadamente, conversas ordinárias. Atos que escondemos hoje nos recantos de nossos alojamentos serão gritados em todas as ruas amanhã.

Assim, os fantasmas da escuridão revelaram o propósito do encontro do bispo Bulos Galib com Farris Effandi Karamy, e sua conversa foi repetida por toda a vizinhança até chegar aos meus ouvidos.

A discussão que se deu entre o bispo Bulos Galib e Farris Effandi naquela noite não foi sobre os problemas dos pobres ou das viúvas e órfãos. O principal propósito de ir atrás de Farris Effandi para trazê-lo na carruagem particular do bispo foi o noivado de Selma com seu sobrinho, Mansour Bey Galib.

Selma era a única filha do rico Farris Effandi, e a escolha do bispo recaiu sobre ela não por causa de sua beleza e de seu espírito nobre, mas por causa do dinheiro de seu pai, que garantiria a Mansour Bey uma boa e próspera fortuna e faria dele um homem importante.

Os chefes religiosos no Oriente não se satisfazem com a própria grandiosidade, esforçando-se para tornar opressores e superiores todos os membros de sua família. A glória de um príncipe é legada ao seu filho mais velho por herança, mas a exaltação de um chefe religioso torna-se contagiosa entre seus irmãos e sobrinhos. Assim, o bispo cristão, o imã muçulmano e o sacerdote brâmane tornam-se répteis marinhos, agarrando suas presas com muitos tentáculos e sugando seu sangue com inúmeras bocas.

Por isso, o bispo exigiu a mão de Selma para seu sobrinho, e a única resposta que ele recebeu do pai dela foi um silêncio profundo e um cair de lágrimas, pois odiava perder sua única filha. A alma de qualquer homem estremece ao ser separado de sua única filha, que ele criou até a juventude.

A tristeza dos pais pelo casamento de uma filha é igual à felicidade pelo casamento de um filho, porque um filho traz um novo membro para a família, ao passo que uma filha, ao se casar, é por eles perdida.

Farris Effandi atendeu forçosamente ao pedido do bispo, obedecendo à vontade dele a contragosto, já que Effandi conhecia muito bem o tal sobrinho e sabia que ele era perigoso, cheio de ódio, maldade e corrupção.

No Líbano, nenhum cristão podia se opor ao seu bispo e permanecer em uma boa posição.

Nenhum homem podia desobedecer ao seu chefe religioso e manter sua reputação. O olho não conseguia resistir a uma lança sem ser perfurado, e a mão não conseguia segurar uma espada sem ser cortada.

Imagine você se Farris Effandi tivesse resistido ao bispo e negado seu desejo. A partir de então, a reputação de Selma teria sido arruinada e seu nome teria sido manchado pela imundície das más línguas. Na opinião da raposa, são azedos os cachos altos das uvas que não podem ser alcançados.

E assim o destino se apoderou de Selma, conduzindo-a como uma escrava humilhada na procissão das miseráveis mulheres orientais, caindo aquele tão nobre espírito na armadilha, mesmo depois de ter voado livremente nas asas brancas do amor, em um céu cheio de luar perfumado com o odor das flores.

Em alguns países, a riqueza dos pais é uma fonte de miséria para os filhos. A caixa forte e larga que o pai e a mãe juntos usaram para a segurança de sua riqueza se torna uma prisão estreita e escura para a alma de seus herdeiros. O todo-poderoso Dinar[3] que o povo adora torna-se um demônio que pune o espírito e entorpece o coração. Selma Karamy foi uma das vítimas da riqueza de seus pais

3 Unidade monetária de diversos países árabes, cujo nome tem origem comum à do vocábulo em português "dinheiro", proveniente do termo latino *denarius*. (N. do T.)

e da cobiça dos noivos. Se não fosse pela riqueza de seu pai, Selma ainda continuaria a viver feliz.

Uma semana se passou. O amor de Selma era a única coisa que me animava, cantando-me canções de felicidade à noite e despertando-me ao amanhecer para revelar o significado da vida e os segredos da natureza. Trata-se de um amor celestial livre de ciúme, rico e jamais prejudicial ao espírito. É uma imensa afinidade que banha a alma em contentamento; uma fome profunda por afeição que, ao ser satisfeita, enche a alma de generosidade; uma ternura que cria esperança sem agitar o espírito, transformando a terra em paraíso e a vida em um sonho doce e lindo. De manhã, quando eu caminhava pelos campos, via o símbolo da Eternidade no despertar da natureza e, quando me sentava à beira-mar, ouvia as ondas cantando a canção da Eternidade. E quando perambulava pelas ruas via a beleza da vida e o esplendor da humanidade na aparência dos transeuntes e nos movimentos dos trabalhadores.

Aqueles dias passaram-se como fantasmas e desapareceram como nuvens, e não demorou para nada me restar além de memórias tristes. Os olhos com que eu costumava olhar para a beleza da primavera e o despertar da natureza não conseguiam ver nada além da fúria da tempestade e da miséria do inverno. Os ouvidos com os quais eu antes ouvia com prazer o canto das ondas só conseguiam escutar o uivo do vento e a ira do mar contra o precipício. A alma que observara alegremente o vigor incansável da humanidade e a glória do universo via-se torturada pelo conhecimento da decepção e do fracasso. Nada era mais bonito do que aqueles dias de amor, e nada era mais amargo do que aquelas horríveis noites de tristeza.

Quando não pude mais resistir ao impulso, fui mais uma vez, no fim de semana, à casa de Selma – o santuário que a Beleza havia erguido e que o Amor havia abençoado, onde o espírito era capaz de adorar, e o coração se ajoelhava humildemente e orava. Quando entrei no jardim, senti um poder afastando-me deste mundo e colocando-me em uma esfera livre, de maneira sobrenatural, de lutas e dificuldades. Como um místico que recebe uma revelação do Céu, vi-me em meio às árvores e às flores e, quando me aproximei da entrada da casa, avistei Selma sentada no banco à sombra do jasmim onde ambos havíamos nos sentado na semana anterior, naquela noite que a Providência havia escolhido para o início da minha felicidade e da minha tristeza.

Ela não se moveu nem falou nada quando me aproximei dela. Parecia saber intuitivamente que eu estava para chegar e, quando me sentei ao lado dela, olhou para mim por um momento e suspirou profundamente, virando, então, a cabeça para fitar o céu. E, depois de um instante cheio de mágico silêncio, voltou-se novamente para mim e, estremecendo, pegou minha mão e disse, com uma voz fraca:

— Olhe para mim, meu amigo; estude meu rosto e hei de ler nele tudo o que você quer saber e que eu não posso recitar. Olhe para mim, meu amado... Olhe para mim, meu irmão.

Olhei para ela atentamente e vi que aqueles olhos, que há alguns dias sorriam como lábios e se moviam como as asas de um rouxinol, já se encontravam fundos e vidrados de tristeza e dor. Seu rosto, que parecia as folhas de um lírio desabrochadas e beijadas pelo sol, havia desbotado, perdendo toda a cor. Seus doces lábios eram como duas rosas murchas que o outono deixara em seus caules. Seu pescoço, como uma coluna de marfim, curvara-se para a frente como se não pudesse mais suportar o fardo do pesar em sua cabeça.

Vi todas essas mudanças no rosto de Selma, mas, para mim, elas eram como uma nuvem passageira que cobria o rosto da lua, tornando-o mais bonito. Um olhar que revela preocupação íntima acrescenta ainda mais beleza ao rosto, não importando quanta tragédia e dor ele mencione; mas o rosto que, em silêncio, não anuncia mistérios ocultos deixa de ser bonito, independentemente da simetria de suas feições. A taça não seduz nossos lábios a menos que a cor do vinho seja vista através do cristal transparente.

Naquela noite, Selma era como uma taça cheia de vinho celestial, preparado com o amargor e a doçura da vida. Sem saber, ela simbolizava a mulher oriental que nunca deixa a casa dos pais até que coloque sobre o próprio pescoço o pesado jugo do marido, que nunca deixa os braços da mãe amorosa até que ela tenha que viver como uma escrava, suportando a dureza da sogra.

Continuei a olhar para Selma, e a ouvir seu espírito deprimido, e a sofrer com ela até sentir que o tempo havia cessado e o universo havia desaparecido da existência. Eu só conseguia ver seus dois grandes olhos encarando-me fixamente e só era capaz de sentir sua mão fria e trêmula segurando a minha.

Despertei do meu torpor ao ouvir Selma dizer baixinho:

— Venha, meu amado, vamos discutir o futuro horrível antes que ele chegue. Meu pai acabou de sair de casa para ver o homem que será meu companheiro até a morte. Meu pai, que Deus escolheu para o propósito da minha existência, encontrará o homem que o mundo selecionou para ser meu mestre pelo resto da minha vida. No coração desta cidade, o velho que me acompanhou durante a minha juventude encontrará o jovem que será meu companheiro pelos próximos anos. Hoje à noite, as duas famílias marcarão a data do casamento. Que hora estranha e impressionante! Na semana passada, neste mesmo momento, sob este jasmim, o Amor abraçou minha alma pela primeira vez. Entrementes, o Destino escrevia a primeira palavra da história da minha vida na mansão do bispo. Agora, enquanto meu pai e meu pretendente planejam o dia do casamento, vejo seu espírito tremendo ao meu redor como um pássaro sedento revoa sobre uma fonte de água vigiada por uma serpente faminta. Ah, como é imensa esta noite! E quão profundo é seu mistério!

Ao ouvir essas palavras, senti que aquele fantasma obscuro de completo desânimo apoderava-se do nosso amor para sufocá-lo em sua infância, e respondi-lhe:

— Aquele pássaro permanecerá revoando sobre aquela fonte até que a sede o destrua ou ele caia nas garras de uma serpente, tornando-se sua presa.

— Não, meu amado, este rouxinol deve permanecer vivo e cantar até que a escuridão chegue, até que a primavera passe, até o fim do mundo, e continuar cantando eternamente. Sua voz não deve ser silenciada, porque ela traz vida ao meu coração, suas asas não devem ser quebradas, porque seu movimento remove a nuvem do meu coração – respondeu ela.

Então, sussurrei:

— Selma, minha amada, a sede vai exauri-lo e o medo vai matá-lo.

E ela respondeu imediatamente, com os lábios trêmulos:

— A sede da alma é mais doce do que o vinho das coisas materiais, e o medo do espírito é mais querido do que a segurança do corpo. Mas ouça, meu amado, ouça com atenção, encontro-me hoje às portas de uma nova vida, da qual nada sei. Sou como um cego que tateia o caminho para não cair. A riqueza do meu pai colocou-me no mercado de escravos, e este homem me comprou. Eu não o conheço nem o amo, mas aprenderei a amá-lo e tratarei de obedecê-lo, servindo-o e fazendo-o feliz. Darei a ele tudo o que uma mulher fraca pode dar a um homem forte.

"Mas você, meu amado, ainda está no auge da vida. Pode andar livremente no amplo caminho da existência, atapetado com flores. Você é livre para atravessar o mundo, fazendo do seu coração uma tocha para iluminar seu caminho. Você é capaz de pensar, falar e agir livremente, de escrever seu nome na face da vida porque é homem, pode viver como um mestre porque a riqueza de seu pai não o haverá de colocar no mercado de escravos para ser comprado e vendido; você pode se casar com a mulher de sua escolha e, antes que ela viva em sua casa, pode fazer com que ela resida em seu coração e trocar confidências sem obstáculos."

O silêncio prevaleceu por um instante, e Selma, então, continuou:

— Mas é agora que a Vida vai nos separar para que você possa atingir a glória de um homem e eu o dever de uma mulher? É por isso que o vale engole o canto do rouxinol em suas profundezas, o vento espalha as pétalas da rosa e os pés pisam na taça do vento? Todas aquelas noites que passamos ao luar perto do jasmim, onde nossas almas se uniram, foram em vão? Voamos rapidamente em direção às estrelas até nossas asas se cansarem e, agora, estamos descendo rumo ao abismo? Ou o Amor estava dormindo quando veio até nós e, ao acordar, irritou-se e decidiu nos punir? Ou nossos espíritos transformaram a brisa da noite em um vento que nos despedaçou e nos soprou como pó para as profundezas do vale? Não desobedecemos a nenhum mandamento nem provamos do fruto proibido, então, o que está nos fazendo deixar este paraíso? Nunca conspiramos ou praticamos qualquer motim, então por que estamos descendo ao inferno? Não, não, os momentos que nos uniram são mais duradouros do que os séculos, e a luz que iluminou nossos espíritos é mais forte do que a escuridão; e, se a tempestade nos separar neste oceano agitado, as ondas haverão de nos unir na costa calma; se esta vida nos matar, a morte nos unirá. O coração de uma mulher muda com o tempo ou a estação, e mesmo que ela morra eternamente, nunca haverá de perecer. O coração de uma mulher é como uma planície transformada em campo de batalha: depois que as árvores são arrancadas, a grama é queimada, as pedras tornam-se vermelhas com o sangue e a terra é semeada com ossos e crânios, ela fica calma e silenciosa, como se nada tivesse acontecido, pois a primavera e o outono vêm a intervalos e retomam seu trabalho.

"E agora, meu amado, o que faremos? Como vamos nos separar e quando nos encontraremos? Havemos de considerar o amor um visitante estranho que veio à noite e nos deixou pela manhã? Ou devemos concluir que essa afeição era apenas um sonho que invadiu nosso sono e partiu quando acordamos?"

"Devemos considerar esta semana uma hora de embriaguez a ser substituída pela sobriedade? Levante a cabeça e deixe-me olhar para você, meu amado; abra seus lábios e deixe-me ouvir sua voz. Fale comigo! Você se lembrará de mim depois que esta tempestade tiver afundado o navio do nosso amor? Você ouvirá o sussurro das minhas asas no silêncio da noite? Ouvirá meu espírito flutuando sobre você? Ouvirá meus suspiros? Verá minha sombra se aproximar com a penumbra do crepúsculo e desaparecer com o rubor do amanhecer? Diga-me, meu amado, o que há de ser você depois de ter sido um raio mágico para meus olhos, doce canção para meus ouvidos e asas para minha alma? Você será o quê?"

Ao ouvir tais palavras, meu coração derreteu e respondi:

— Serei o que você quiser que eu seja, minha amada.

Ela disse, então:

— Quero que você me ame como um poeta ama seus pensamentos tristes. Quero que se lembre de mim como um viajante se lembra de uma lagoa calma onde sua imagem se refletiu enquanto ele bebia sua água. Quero que se recorde de mim como uma mãe se lembra de seu filho que morreu antes de ver a luz, e que você se lembre de mim como um rei misericordioso se lembra de um prisioneiro que morreu antes que seu perdão o alcançasse. Quero que seja meu companheiro e que visite meu pai, consolando-o em sua solidão, já que eu o deixarei em breve, tornando-me uma estranha para ele.

E eu lhe respondi:

— Farei tudo o que você me pediu e farei da minha alma um envelope para a sua alma, do meu coração uma residência para a sua beleza e do meu peito um túmulo para as suas tristezas. Eu amarei você, Selma, como as pradarias amam a primavera, e viverei em você sob a vida de uma flor debaixo dos raios do sol. Cantarei seu nome como o vale ecoa os sinos das igrejas da aldeia, ouvirei a linguagem da sua alma como a costa ouve a história das ondas. Eu me lembrarei de você como um estrangeiro se lembra de seu amado país, como um homem faminto se lembra de um banquete, como um rei destronado se lembra dos dias de sua glória e como um prisioneiro se lembra das horas de conforto e liberdade. Eu me lembrarei de você como um semeador se lembra dos feixes de trigo ao debulhar os grãos e como um pastor se lembra das pradarias verdes dos riachos doces.

Selma ouviu minhas palavras com o coração palpitante e disse:

— Amanhã, a verdade se tornará fantasmagórica e o despertar será como um sonho. Por acaso um amante seria capaz de se satisfazer abraçando um fantasma, ou conseguiria um homem sedento saciar sua sede na fonte de um sonho?

Respondi-lhe:

— Amanhã, o destino haverá de colocá-la no meio de uma família tranquila, mas me enviará para o mundo da luta e da guerra. Você estará na casa de uma pessoa que o acaso tornou mais afortunada através de sua beleza e virtude, ao passo que eu viverei uma vida de sofrimento e medo. Você entrará pelo portão da vida, e eu, pelo portão da morte. Você será recebida de forma hospitaleira, ao passo que eu existirei na solidão, mas hei de erguer uma estátua de amor e vou adorá-la no vale da morte. O Amor será meu único consolo, e beberei dele como vinho, trajando-o como uma vestimenta. Ao amanhecer, o Amor me acordará do sono e me levará para o campo distante e, ao meio-dia, me guiará até as sombras das árvores, onde encontrarei abrigo do calor do sol junto dos pássaros. Ao cair da tarde, ele me fará parar diante do pôr do sol para ouvir a canção de despedida da luz do dia cantada pela natureza e me mostrará nuvens fantasmagóricas navegando no céu. À noite, o Amor me abraçará, e eu dormirei, sonhando com o mundo celestial, no qual os espíritos dos amantes e poetas habitam. Na primavera, andarei lado a lado com o Amor, entre violetas e jasmins e beberei as gotas restantes do inverno no cálice dos lírios. No verão, faremos dos fardos de feno nossos travesseiros e da grama nossa cama, e o céu azul nos cobrirá enquanto contemplamos as estrelas e a lua.

"No outono, o Amor e eu iremos até as vinhas e nos sentaremos ao lado do lagar, de onde observaremos as videiras sendo despidas de seus ornamentos dourados, e os bandos migratórios de pássaros voarão sobre nossa cabeça. No inverno, tomaremos assento junto à lareira, recitando histórias de muito tempo atrás e narrativas de países distantes. Durante a minha juventude, o Amor será o meu professor; na meia-idade, a minha ajuda; e, na velhice, o meu deleite. O Amor, a minha amada Selma, ficará comigo até o fim da minha vida e, depois da morte, a mão de Deus haverá de nos unir novamente."

Todas essas palavras saíram do fundo do meu coração como chamas de fogo que saltam furiosas da lareira, desaparecendo nas cinzas logo em seguida. Selma estava chorando como se seus olhos fossem lábios me respondendo com lágrimas.

Aqueles a quem o amor não deu asas não podem voar na nuvem das aparências para ver o mundo mágico em que o espírito de Selma e o meu existiram juntos naquela hora tristemente feliz. Aqueles que o Amor não escolheu como seguidores não ouvem quando o Amor chama. Esta história não é para eles. Mesmo que compreendessem estas páginas, não seriam capazes de captar os significados obscuros que não estão travestidos de palavras e não residem no papel, mas que ser humano nunca tomou um gole do vinho da taça do amor, e que espírito nunca se postou reverente diante do altar iluminado do templo cujo assoalho é formado pelo coração de homens e mulheres e cujo teto equivale ao dossel secreto dos sonhos? Que espécie de flor nunca teve nem mesmo uma única gota de orvalho derramada em suas folhas, que tipo de riacho perdeu seu curso sem alcançar o mar?

Selma levantou o rosto em direção ao céu e olhou para as estrelas celestiais que cravejavam o firmamento. Ela estendeu as mãos, seus olhos se arregalaram, e seus lábios estremeceram. Em seu rosto pálido, eu podia ver os sinais de tristeza, opressão, desesperança e dor. Ela, então, exclamou:

— Ah, Senhor, o que fez uma mulher para ofendê-Lo tanto? Que pecado cometeu ela para merecer tal punição? Por qual crime ela recebeu castigo eterno? Ah, o Senhor é forte, e eu sou fraca. Por que me faz sofrer essa dor? O Senhor é grande e todo-poderoso, ao passo que eu não sou nada além de uma pequena criatura rastejando diante do Seu trono. Por que me esmagou com Seu pé? O Senhor é uma tempestade furiosa, e eu sou como pó. Por que, meu Senhor, me atirou na terra fria? O Senhor é poderoso, e eu sou indefesa. Por que está lutando contra mim? O Senhor é atencioso, e eu sou prudente. Por que está me destruindo? O Senhor criou a mulher com amor, então, por que com amor a arruína? Com Sua mão direita, o Senhor a levanta, e com Sua mão esquerda a atira no abismo, e ela não sabe o porquê. Em sua boca, o Senhor expira o sopro da vida e, em seu coração, planta as sementes da morte. O Senhor mostra-lhe o caminho da felicidade, mas a conduz à estrada da miséria. Em sua boca, coloca uma canção de felicidade, mas fecha seus lábios com tristeza e acorrenta sua língua com agonia. Com Seus dedos misteriosos, o Senhor trata as feridas dela e, com Suas mãos, o Senhor delineia o pavor da dor ao redor dos prazeres que ela tem. Na cama dela, o Senhor esconde prazer e paz, erguendo, no entanto, obstáculos e medo à sua volta. O Senhor desperta a afeição dela por Sua própria vontade e, dessa mesma afeição, emana vergonha. Por

Sua vontade, mostra-lhe a beleza da criação, mas o amor que ela sente por tal beleza se torna uma terrível fome. O Senhor faz com que ela beba vida no cálice da morte e morte no cálice da vida. O Senhor purifica-a com lágrimas e, em lágrimas, sua vida flui para longe. Ah, o Senhor abriu meus olhos com amor e com amor me cegou. Beijou-me com Seus lábios e golpeou-me com Sua mão forte. O Senhor plantou em meu coração uma rosa branca, mas, ao redor dela, erigiu uma barreira de espinhos. Uniu meu presente ao espírito de um jovem a quem amo e minha vida ao corpo de um homem desconhecido. Ajude-me, então, meu Senhor, a ser forte nessa luta mortal e a ser verdadeira e virtuosa até a morte. Que seja feita a Sua vontade. Ah, Senhor Deus!

O silêncio continuou. Selma olhou para baixo, pálida e frágil; seus braços tombaram, e sua cabeça se curvou, parecendo-me como se uma tempestade tivesse quebrado um galho de uma árvore, lançando-o para secar e perecer.

Peguei sua mão fria e a beijei, mas, quando tentei consolá-la, fui eu quem mais precisei de consolo. Fiquei em silêncio, pensando em nossa situação e ouvindo meus batimentos cardíacos. Nenhum de nós disse mais nada.

A tortura extrema é muda e, então, ficamos sentados em silêncio, petrificados, como colunas de mármore enterradas sob a areia de um terremoto. Nenhum dos dois queria ouvir o outro porque as fibras de nossos corações tinham se tornado fracas, e até mesmo respirar as teria rompido.

Era meia-noite e podíamos ver a lua crescente nascendo por trás do Monte Sannine. No meio das estrelas, ela parecia o rosto de um cadáver em um caixão cercado pela luz fraca das velas. E o Monte Líbano parecia um velho cujas costas estavam recurvadas pela idade e cujos olhos eram um refúgio para a insônia, observando a escuridão e esperando o amanhecer, como se estivesse sentado nas cinzas de seu trono, nos escombros de seu palácio.

As montanhas, as árvores e os rios mudam sua aparência com as vicissitudes do tempo e das estações, assim como um homem muda com suas experiências e emoções. O álamo alto que se assemelha a uma noiva durante o dia, parecerá uma coluna de fumaça à noite; a enorme rocha que se ergue inexpugnável ao meio-dia, parecerá um miserável mendigo à noite, com a terra como cama e o céu como teto; o riacho que vemos brilhando pela manhã e ouvimos cantando o hino da Eternidade à noite haverá de se transformar em um riacho de lágrimas lamentando como uma mãe afastada do filho; e o Líbano, que parecia tão digno uma semana antes, quando a lua estava cheia e nossos espíritos estavam felizes, jazia triste e solitário naquela noite.

Nós nos levantamos e nos despedimos, mas o amor e o desespero continuavam entre nós como dois fantasmas e, enquanto um deles esticava as asas, com suas garras sobre nossa garganta, o outro chorava, com o primeiro gargalhando horrendamente.

Quando peguei a mão de Selma e a coloquei em meus lábios, ela se aproximou de mim e deu um beijo em minha testa, recaindo, depois, no banco de madeira. Ela fechou os olhos e sussurrou suavemente:

— Ah, senhor Deus, tenha misericórdia de mim e conserte minhas asas quebradas!

Ao deixar Selma no jardim, senti como se meus sentidos estivessem recobertos por um véu espesso, como um lago cuja superfície foi escondida pela neblina.

A beleza das árvores, o luar, o silêncio profundo, tudo ao meu redor parecia feio, horrível. A verdadeira luz, que me mostrara a beleza e a maravilha do universo, convertera-se em uma grande chama de fogo que queimou meu coração, e a música eterna que eu costumava ouvir se tornou um clamor, mais assustador do que o rugido de um leão.

Cheguei ao meu quarto e, como um pássaro ferido abatido por um caçador, caí na cama, repetindo as palavras de Selma:

— Ah, senhor Deus, tenha misericórdia de mim e conserte minhas asas quebradas!

CAPÍTULO 7

Diante do trono da morte

Hoje em dia, o casamento tornou-se uma paródia cuja supervisão está nas mãos dos rapazes e dos pais. Na maioria dos países, ganham os rapazes, ao passo que os pais perdem. A mulher é vista como uma mercadoria, comprada e levada de uma casa para outra. Com o tempo, sua beleza desaparece, e ela se torna uma velha peça de mobília deixada em um canto escuro.

A civilização moderna tornou a mulher um pouco mais sábia, mas aumentou seu sofrimento por conta da cobiça do homem. A mulher de ontem era uma esposa feliz, mas a mulher de hoje é uma amante miserável. No passado, ela andava às cegas na luz, mas agora anda às claras no escuro. Era bonita em sua ignorância, virtuosa em sua simplicidade e forte em sua fraqueza. Hoje, tornou-se feia em sua engenhosidade, superficial e insensível em seu conhecimento. Acaso chegará o dia em que beleza e conhecimento, engenhosidade e virtude, e fraqueza de corpo e força de espírito estarão presentes em uma mesma mulher?

Sou daqueles que acreditam que o progresso espiritual é uma regra da vida humana, mas alcançar a perfeição é um processo lento e doloroso. Se uma mulher se eleva em um aspecto e se rebaixa em outro, é porque a trilha áspera que leva ao pico da montanha não está livre de emboscadas de ladrões e covis de lobos.

Essa estranha geração paira entre o sono e a vigília. Ela segura em suas mãos o solo do passado e as sementes do futuro. No entanto, encontramos em cada cidade uma mulher que simboliza o futuro.

Na cidade de Beirute, Selma Karamy era o símbolo da futura mulher oriental. Como muitas que estão à frente de seu tempo, ela se tornou vítima do presente e, tal qual uma flor arrancada de seu caule e levada pela correnteza de um rio, caminhou na miserável procissão dos derrotados.

Mansour Bey Galib e Selma se casaram e viveram juntos em uma bela casa em Ras Beirut[4], onde todos os dignatários ricos residiam. Farris Effandi Karamy foi deixado em sua casa desolada, no meio de seu jardim e de seus pomares como um pastor solitário em meio ao seu rebanho.

Os dias e noites alegres do casamento passaram, mas a lua de mel deixou memórias de tempos de amarga tristeza, assim como as guerras deixam crânios e ossos mortos no campo de batalha. A dignidade de um casamento oriental inspira os corações de jovens rapazes e moças, mas seu término

4 Luxuoso bairro residencial da capital libanesa. (N. do T.)

pode deixá-los cair como pedras de moinho no fundo do mar. Sua alegria parece-se com pegadas na areia que apenas permanecem visíveis até ser levadas pelas ondas.

A primavera partiu, e o verão, e o outono, mas meu amor por Selma aumentava a cada dia, até se tornar uma espécie de adoração muda, o sentimento de um órfão pela alma de sua mãe no Céu. Meu anseio foi convertido em uma tristeza cega, que não conseguia ver nada além de si mesma. A paixão que arrancava lágrimas de meus olhos foi substituída pela perplexidade que sugava o sangue de meu coração. E meus suspiros de afeição transformaram-se em uma prece constante pela felicidade de Selma e seu marido e pela paz para seu pai.

Minhas esperanças e orações foram em vão, porque a miséria de Selma era uma doença íntima que apenas a morte seria capaz de curar.

Mansour Bey era um homem para quem todos os luxos da vida vinham facilmente; mas, apesar disso, tratava-se de um sujeito insatisfeito e voraz. Depois de se casar com Selma, ele negligenciou o pai dela em sua solidão e rezou por sua morte para que pudesse herdar o que restava da riqueza do velho.

O caráter de Mansour Bey era semelhante ao de seu tio; a única diferença entre os dois era que o bispo conseguia tudo o que queria em segredo, sob a proteção de sua batina e da cruz de ouro que ele usava no peito, ao passo que seu sobrinho fazia tudo publicamente. O bispo ia à igreja pela manhã e passava o resto do dia roubando de viúvas, órfãos e pessoas de mente simples. Mas Mansour Bey passava seus dias em busca de satisfação sexual. No domingo, obispo Bulos Galib pregava seu Evangelho, mas, durante a semana, jamais praticava o que pregava, ocupando-se com intrigas políticas da localidade. E, por meio do prestígio e influência de seu tio, Mansour Bey encarregava-se de assegurar cargos políticos a todos aqueles que lhe pudessem oferecer um suborno satisfatório.

O bispo Bulos era um ladrão que se escondia sob a cobertura da noite, enquanto seu sobrinho, Mansour Bey, era um vigarista que andava orgulhosamente à luz do dia. No entanto, o povo das nações orientais deposita confiança em pessoas como eles – lobos e açougueiros que arruínam seu país por meio da cobiça, esmagando seus vizinhos com mão de ferro.

Por que ocupo estas páginas com palavras sobre os traidores das nações pobres em vez de reservar todo o espaço para a história de uma mulher miserável com o coração partido? Por que derramo minhas lágrimas por povos oprimidos em vez de guardá-las todas para a memória de uma mulher fraca cuja vida foi arrancada pelas garras da morte?

Meus caros leitores, vocês não acham que uma mulher assim é como uma nação oprimida por padres e governantes? Acaso não acreditam que o amor frustrado que leva uma mulher à sepultura é como o desespero que permeia o povo da terra? Uma mulher está para uma nação assim como a luz está para um lampião. Por acaso a luz não se enfraquece se houver pouco óleo no lampião?

O outono passou, e o vento soprou as folhas amareladas das árvores, abrindo caminho para o inverno, que chegou uivando e chorando. Eu continuava na cidade de Beirute sem uma companhia, a não ser a dos meus sonhos – que elevavam meu espírito ao céu para então enterrá-lo profundamente no seio da terra.

O espírito triste encontra relaxamento na solidão. Ele abomina as pessoas, como um cervo ferido abandona o rebanho e vive em uma caverna até que se cure ou morra.

Certo dia, ouvi dizer que Farris Effandi estava doente. Deixei minha morada solitária e caminhei até sua casa, tomando uma nova rota, um caminho desolado entre oliveiras, evitando a estrada principal com suas barulhentas rodas de carruagens.

Chegando à casa do velho, entrei e encontrei Farris Effandi deitado em sua cama, fraco e pálido. Seus olhos estavam encovados e pareciam dois vales profundos e escuros assombrados pelos fantasmas do sofrimento. O sorriso que sempre animara seu rosto fora sufocado pela dor e pela agonia, e os ossos de suas mãos gentis pareciam galhos nus tremendo diante da tempestade. Quando me aproximei dele e perguntei sobre sua saúde, ele virou seu rosto pálido para mim e em seus lábios trêmulos apareceu um sorriso, dizendo então com uma voz fraca:

— Vá... Vá, meu filho, para o outro quarto, consolar Selma e trazê-la para sentar-se ao lado da minha cama.

Entrei no quarto ao lado e encontrei Selma deitada em um divã, cobrindo a cabeça com os braços e enterrando o rosto em um travesseiro para que seu pai não a ouvisse chorar. Aproximando-me lentamente, pronunciei seu nome, com uma voz que mais parecia um suspiro do que um sussurro. Ela moveu-se com medo, como se tivesse sido interrompida em um sonho terrível, e sentou-se, olhando para mim com olhos vidrados, hesitando entre acreditar se tratar de um fantasma ou de um ser vivo. Depois de um silêncio profundo que nos levou de volta nas asas da memória para aquela hora em que nos havíamos intoxicado com o vinho do amor, Selma enxugou as lágrimas e disse:

— Veja como o tempo nos mudou! Veja como o tempo mudou o curso de nossa vida e nos deixou nessas ruínas. Neste mesmo lugar, a primavera nos uniu em um vínculo de amor e neste lugar nos reúne agora diante do trono da morte. Quão bela era a primavera, e quão terrível é este inverno!

Assim falando, ela cobriu o rosto novamente com as mãos, como se estivesse protegendo os olhos do espectro do passado que se postara diante dela. Coloquei minha mão em sua cabeça e disse:

— Venha, Selma, venha e sejamos como torres fortes diante da tempestade. Vamos agir como bravos soldados diante do inimigo e enfrentar suas armas. Se formos mortos, haveremos de morrer como mártires e, se vencermos, de viver como heróis. Enfrentar obstáculos e dificuldades é mais nobre do que recuar para o recanto da tranquilidade. A borboleta que paira ao redor do lampião até morrer é mais admirável do que a toupeira que vive em um túnel escuro. Venha, Selma, vamos caminhar firmemente por este caminho duro, com nossos olhos voltados para o sol, para que não vejamos os crânios e serpentes entre as pedras e os espinhos. Se o medo parar nossa caminhada no meio da estrada, ouviremos apenas o escarnecer das vozes da noite, mas, se chegarmos ao pico da montanha bravamente, nos juntaremos aos espíritos celestiais em canções de triunfo e alegria. Anime-se, Selma, enxugue suas lágrimas e remova a tristeza de seu rosto. Levante-se, e vamos nos sentar ao lado da cama de seu pai, porque a vida dele depende de sua vida, e seu sorriso é a única cura para ele.

Gentil e afetuosamente, ela olhou para mim e disse:

— Está me pedindo para ter paciência, ao passo que é você mesmo quem precisa dela? Um homem faminto haveria de dar seu pão a um outro homem com fome? Acaso um sujeito doente daria o remédio de que tanto precisa a um outro?

Ela levantou-se, sua cabeça ligeiramente inclinada para a frente, e nós caminhamos até o quarto do velho, sentando-nos ao lado da cama dele. Selma forçou um sorriso e fingiu ser paciente, e seu pai tentou fazê-la acreditar que estava se sentindo melhor e ficando mais forte; mas tanto pai quanto filha estavam cientes da tristeza um do outro e ouviam os suspiros abafados. Eram como duas forças iguais, exaurindo uma à outra em silêncio. O coração do pai estava se esvaindo por conta da situação de sua filha. Eram duas almas puras, uma partindo e a outra agonizando de tristeza, abraçando-se em amor e morte – e eu me postara entre os dois com meu próprio coração perturbado. Éramos três pessoas reunidas e esmagadas pelas mãos do destino: um velho como um abrigo arruinado por uma enchente, uma moça cujo símbolo era um lírio decapitado pela ponta afiada de uma foice, e um rapaz que representava uma muda enfraquecida, curvada por uma nevasca – e, todos os três, brinquedos nas mãos do destino.

Farris Effandi moveu-se lentamente e estendeu sua mão fraca na direção de Selma e, com uma voz amorosa e terna, disse:

— Segure a minha mão, minha amada. — Selma segurou a mão do pai e ele continuou em seguida: — Vivi o suficiente e aproveitei os frutos das estações da vida. Experimentei todas as suas fases com equanimidade. Perdi sua mãe quando você tinha 3 anos de idade, e ela deixou você no meu colo, como um tesouro precioso. Eu vi você crescer, e seu rosto reproduziu as feições de sua mãe como estrelas refletidas em um lago de águas calmas. Seu caráter, inteligência e beleza são de sua mãe, e até mesmo sua maneira de falar e seus gestos. Você foi meu único consolo nesta vida, por ser a imagem de sua mãe em cada ação e em cada palavra. Agora estou velho, e meu único lugar de descanso é entre as asas suaves da morte. Console-se, minha amada filha, pois vivi o suficiente para vê-la mulher. Seja feliz, porque viverei em você depois de minha morte. Minha partida hoje não seria diferente de minha partida amanhã ou depois de amanhã, pois nossos dias estão perecendo como as folhas do outono. As horas dos meus dias perecem como as folhas do outono. A hora de minha morte se aproxima rapidamente, e minha alma está desejosa de se ver unida à de sua mãe.

Ao pronunciar essas palavras de maneira tão doce e amorosa, seu rosto estava radiante. Então, ele colocou a mão sob o travesseiro e tirou uma pequena foto em uma moldura dourada. Com os olhos na pequena fotografia, ele disse:

— Venha, Selma, venha ver sua mãe nesta foto.

Selma enxugou as lágrimas e, depois de olhar longamente para a imagem, beijou-a repetidamente e exclamou:

— Ah, minha amada mãe! Ah, mãe! — Em seguida, colocou seus lábios trêmulos na imagem, como se quisesse derramar nela sua alma.

A palavra mais bonita nos lábios da humanidade é "mãe" e a mais bela invocação, "minha mãe". Trata-se de uma palavra cheia de esperança e amor, um termo doce e gentil vindo das profundezas do coração. A mãe é tudo - ela é nosso consolo na tristeza, nossa esperança na miséria e nossa força na fraqueza. É fonte de amor, misericórdia, empatia e perdão. O homem que perde sua mãe perde uma alma pura que sempre haverá de abençoá-lo e protegê-lo.

Tudo na natureza remete à mãe. O sol é a mãe da terra e lhe dá o alimento do coração; ele nunca deixa o universo à noite até que tenha colocado a terra para dormir com a canção do mar e o hino dos pássaros e riachos. E esta terra é a mãe das árvores e das flores. Ela tudo produz, nutre e desmama. As árvores e flores se tornam mães gentis de seus grandes frutos e sementes. E a mãe, o protótipo de toda a existência, é o espírito eterno, cheio de beleza e amor.

Selma Karamy nunca conheceu a mãe porque ela morreu quando Selma ainda era uma criança; ainda assim, ela chorou ao ver a foto e exclamou:

— Ah, mãe! — A palavra "mãe" está escondida em nossos corações e vem aos nossos lábios nas horas de tristeza e de felicidade, ao passo que o perfume vem do coração da rosa e se mistura com o ar claro e nublado.

Selma olhou para a foto da mãe, beijando-a repetidamente, até desabar ao lado da cama do pai.

O velho colocou ambas as mãos na cabeça dela e disse:

— Mostrei-lhe, minha querida criança, uma imagem de sua mãe no papel. Agora, escute-me e farei com que ouça as palavras dela.

Ela levantou a cabeça como um passarinho no ninho que ouve o bater das asas da mãe e olhou atentamente para ele.

Farris Effandi abriu a boca e disse:

— Sua mãe estava cuidando de você quando perdeu o pai; ela chorou e lamentou sua partida, mas foi sábia e paciente. Ela sentou-se ao meu lado nesta mesma sala assim que o funeral acabou, segurou minha mão e disse: "Farris, meu pai está morto agora, e você é meu único consolo neste mundo. As afeições do coração dividem-se como os galhos do cedro; se a árvore perde um galho forte, ela sofre, mas não morre. Haverá de despejar toda a sua vitalidade no galho ao lado, para que ele cresça e preencha o lugar vazio". Foi isso que sua mãe me disse quando o pai dela morreu, e você deve dizer a mesma coisa quando a morte levar meu corpo para seu lugar de descanso e minha alma aos cuidados de Deus.

Selma respondeu-lhe com lágrimas nos olhos e o coração partido:

— Quando minha mãe perdeu o pai, você tomou o lugar dele; mas quem vai tomar o seu quando você se for? Ela foi deixada aos cuidados de um marido amoroso e verdadeiro, ela encontrou consolo em sua filhinha, e quem será meu consolo quando você morrer? Você foi meu pai, minha mãe e o companheiro da minha juventude.

Dizendo essas palavras, ela se virou para olhar para mim e, segurando o flanco das minhas vestes, disse:

— Este é o único amigo que terei depois que você se for, mas como ele pode me consolar quando também está sofrendo? Como um coração partido pode encontrar consolo em uma alma decepcionada? Uma mulher triste não pode ser consolada pela tristeza de seu vizinho, tampouco um pássaro é capaz de voar com as asas quebradas. Ele é o amigo da minha alma, mas eu já coloquei um pesado fardo de tristeza sobre ele e turvei seus olhos com minhas lágrimas até que ele não pudesse ver nada além de escuridão. Trata-se de um irmão a quem amo muito, mas também é como todos os irmãos, que compartilham da minha tristeza e me ajudam a derramar as lágrimas que aumentam a minha amargura e queimam o meu coração.

As palavras de Selma apunhalaram meu coração, e senti que não podia mais suportar. O velho a ouvia com o espírito deprimido, tremendo como a luz de um lampião diante do vento. Então, ele estendeu a mão e disse:

— Deixe-me ir em paz, minha filha. Rompi as grades desta gaiola, não me impeça de voar, pois sua mãe está me chamando. O céu está limpo, o mar está calmo e o barco está pronto para navegar - não atrase a sua viagem. Deixe meu corpo descansar com aqueles que já descansam, deixe meu sonho terminar e minha alma despertar com o amanhecer, deixe sua alma abraçar a minha e me dar o beijo da esperança, não deixe nenhuma gota de tristeza ou amargura recair sobre o meu corpo, para que as flores e a grama não recusem seu alimento. Não derrame lágrimas de miséria sobre a minha mão, pois elas podem fazer crescer espinhos em meu túmulo. Não desenhe linhas de agonia sobre minha testa, pois o vento pode passar e lê-las, recusando-se a levar a poeira dos meus ossos para as pradarias verdes... Eu amei você, minha filha, enquanto vivi, e a amarei quando estiver morto - e minha alma sempre zelará por você e a protegerá.

Então, Farris Effandi olhou para mim com os olhos semicerrados e disse:

— Meu filho, seja um verdadeiro irmão para Selma, como seu pai o foi para mim. Seja sua ajuda e seu amigo na necessidade e não a deixe chorar, porque lamentar pelos mortos é um erro. Repita para ela contos agradáveis e cante-lhe as canções da vida, para que ela possa esquecer suas tristezas. Lembre de mim para seu pai, peça-lhe que conte para você as histórias da sua juventude e diga-lhe que eu o amei na pessoa de seu filho na última hora da minha vida.

O silêncio prevaleceu, e pude ver a palidez da morte no rosto do velho. Então, ele revirou os olhos, olhou para nós dois e sussurrou:

— Não chame o médico, pois ele pode estender minha sentença nesta prisão com seus remédios. Os dias de escravidão se foram, e minha alma busca a liberdade dos céus. E não chame o padre para minha cabeceira, porque seus encantamentos não me salvariam se eu fosse um pecador, nem me levariam para o Céu se eu fosse inocente. A vontade da humanidade não pode mudar a vontade de Deus, assim como um astrólogo não pode mudar o curso das estrelas. Mas, depois da minha morte, deixe os médicos e o padre fazerem o que quiserem, pois meu navio continuará navegando até chegar ao seu destino.

À meia-noite, Farris Effandi abriu seus olhos cansados pela última vez, focando-os em Selma, que estava ajoelhada ao lado de sua cama. Ele tentou falar, mas não conseguiu, pois a morte já havia sufocado sua voz. No entanto, por fim, conseguiu dizer:

— A noite passou... Ah, Selma... Ah... Ah, Selma... — Então, abaixou a cabeça, seu rosto empalideceu, e eu pude ver um sorriso em seus lábios enquanto ele dava seu último suspiro.

Selma sentiu a mão do pai. Estava fria. Então, ela levantou a cabeça e olhou para o rosto dele. Estava recoberto pelo véu da morte. Selma sentia-se tão sufocada que não conseguia derramar lágrimas, nem suspirar, nem mesmo se mover. Por um momento, encarou o pai com olhos tão fixos quanto os de uma estátua e, então, abaixou-se até que sua testa tocasse o chão, dizendo:

— Ah, Senhor, tenha misericórdia e conserte nossas asas quebradas.

Farris Effandi Karamy morreu; a Eternidade abraçou sua alma, e seu corpo retornou à terra. Mansour Bey Galib tomou posse de suas riquezas, e Selma tornou-se uma prisioneira da vida – uma vida de pesar e miséria.

Eu estava perdido em meio à tristeza e ao devaneio. Dias e noites caçavam-me como a águia devasta sua vítima. Muitas vezes tentei esquecer meu infortúnio ocupando-me com livros e escrituras da geração passada, mas era como apagar fogo com óleo, pois eu não era capaz de ver nada na procissão do passado além de tragédia e não conseguia ouvir nada além de choros e lamentos. O Livro de Jó era mais fascinante para mim do que os Salmos e eu preferia as Elegias de Jeremias ao Cântico dos Cânticos. Hamlet estava mais perto do meu coração do que todos os outros dramas de escritores ocidentais. E, assim, o desespero enfraquece nossa visão e fecha nossos ouvidos. Não podemos ver nada além de espectros de desgraça e apenas somos capazes de ouvir as batidas de nossos corações agitados.

CAPÍTULO 8

Entre Cristo e Ishtar

No meio dos jardins e colinas que conectam a cidade de Beirute com o Monte Líbano, há um pequeno templo, muito antigo, escavado na rocha branca e cercado por oliveiras, amendoeiras e salgueiros. Embora este templo esteja a pouco menos de um quilômetro da rodovia principal, na época da minha história, pouquíssimas pessoas interessadas em relíquias e ruínas antigas haviam-no visitado. Era um dos muitos lugares interessantes ocultos e esquecidos do Monte Líbano. Devido à sua reclusão, tornara-se um refúgio para adoradores e um santuário para amantes solitários.

Ao entrar neste templo, vê-se na parede do lado leste uma antiga imagem fenícia, esculpida na rocha, representando Ishtar, a deusa do amor e da beleza, sentada em seu trono e cercada por sete virgens nuas em diferentes posições. A primeira carrega uma tocha; a segunda, um violão; a terceira, um incensário; a quarta, uma jarra de vinho; a quinta, um ramo de rosas; a sexta, uma coroa de louros; a sétima, um arco e flecha; e todas elas olham para Ishtar com reverência.

Na segunda parede há outra imagem, mais moderna do que a primeira, simbolizando Cristo pregado na cruz, e ao Seu lado estão Sua pesarosa mãe, Maria Madalena e duas outras mulheres chorando. Esta imagem bizantina mostra que foi esculpida entre os séculos XV e XVI.

Na parede do lado oeste há duas passagens arredondadas, por onde os raios do sol entram no templo, atingindo as imagens e fazendo-as parecer pintadas com um tinta aquarelada em tons de ouro. No meio do templo há um quadrado de mármore com antigas pinturas nas laterais, algumas das quais dificilmente podem ser vistas sob os restos petrificados de sangue – o que atesta que os povos antigos ofereciam sacrifícios nessa mesma rocha, derramando perfume, vinho e óleo sobre ela.

Não há mais nada naquele pequeno templo além de um profundo silêncio, revelando aos vivos os segredos da deusa e falando sem palavras sobre as gerações passadas e a evolução das religiões. Tal visão transporta o poeta para um mundo muito distante daquele em que ele habita e convence o filósofo de que os homens nasceram religiosos, pois sentiam uma necessidade daquilo que não podiam ver, desenhando símbolos cujo significado divulgava seus segredos ocultos e seus desejos na vida e na morte.

Eu me encontrava com Selma uma vez por mês naquele templo desconhecido, passando horas em sua companhia, olhando para aquelas imagens estranhas, pensando no Cristo crucificado e refletindo sobre os rapazes e moças fenícios que viveram, amaram e adoraram a beleza na pessoa de Ishtar, queimando incenso diante de sua estátua e derramando perfume em seu santuário, pessoas às quais nada resta a dizer além do nome, repetido pela marcha do tempo diante da face da Eternidade.

É difícil descrever em palavras as memórias daquelas horas em que me encontrava com Selma – aquelas horas celestiais, cheias de dor, felicidade, tristeza, esperança e miséria.

Nós nos encontrávamos secretamente no antigo templo, relembrando os velhos tempos, discutindo nosso presente, temendo nosso futuro e gradualmente trazendo à tona os segredos ocultos nas profundezas de nossos corações, reclamando de nossas aflições e sofrimentos, tentando nos consolar com esperanças imaginárias e sonhos tristes. De vez em quando, sobrevinha-nos uma calma e enxugávamos nossas lágrimas, começando a sorrir, esquecendo-nos de tudo, a não ser do Amor. Então, nos abraçávamos até nossos corações derreterem, e Selma imprimia um beijo puro em minha testa, enchendo meu coração de êxtase. Eu retribuía seu beijo assim que ela recurvava seu pescoço de marfim, fazendo com que suas faces ficassem levemente avermelhadas, como o primeiro raio do amanhecer no cimo das colinas. Olhávamos em silêncio para o horizonte distante, onde as nuvens eram coloridas com o raio laranja do pôr do sol.

Nossa conversa não se limitava ao amor; de vez em quando, ela desviava-se para tópicos atuais e troca de ideias. Durante o curso da conversa, Selma falava sobre o lugar da mulher na sociedade, a marca que a geração passada deixara em seu caráter, o relacionamento entre marido e mulher, e as doenças espirituais e a corrupção que ameaçavam a vida de casada. Lembro-me dela dizendo:

— Os poetas e escritores estão tentando entender a realidade da mulher, mas até hoje não compreenderam os segredos ocultos de seu coração, porque olham para ela por trás do véu sexual e não veem nada além do que há no exterior, miram-na através da lente de aumento do ódio e não encontram nada além de fraqueza e submissão.

Em outra ocasião, ela disse, apontando para as imagens esculpidas nas paredes do templo:

— No coração desta rocha há dois símbolos representando a essência dos desejos de uma mulher e revelando os segredos ocultos de sua alma, movendo-se entre o amor e a tristeza, entre a afeição e o sacrifício, entre Ishtar sentada no trono e Maria de pé ao lado da cruz. O homem compra glória e reputação, mas é a mulher quem paga o preço.

Ninguém sabia sobre nossos encontros secretos, a não ser Deus e o bando de pássaros que voava sobre o templo. Selma costumava ir em sua carruagem para um lugar chamado Parque Pasha e, de lá, andava até o templo, onde me encontrava ansioso à espera dela.

Não temíamos os olhos dos observadores, nem nossa consciência nos incomodava. O espírito que é purificado pelo fogo e lavado pelas lágrimas é mais elevado do que o que as pessoas chamam de vergonha e desgraça; vê-se livre das leis da escravidão e dos velhos costumes contra as afeições do coração humano. Esse espírito pode orgulhosamente se postar, sem qualquer vergonha, diante do trono de Deus.

Por 70 séculos, a sociedade humana rendeu-se a leis corrompidas, até não mais conseguir entender o significado das leis superiores e eternas. Os olhos do homem acostumaram-se à luz fraca das velas e não são capazes de ver a luz do sol. A doença espiritual é passada de uma geração a outra até que se torne parte das pessoas, que acabam por vê-la não como uma doença, mas como um dom natural, derramado por Deus sobre Adão. Se tais pessoas encontrassem alguém livre dos germes dessa doença, pensariam nessa pessoa com vergonha.

Aqueles que pensam mal de Selma Karamy porque ela deixava a casa do marido e me encontrava no templo são pessoas doentes e de mente fraca, que olham para os saudáveis e sãos como rebeldes. Agem como insetos rastejando no escuro por medo de serem pisados por quem passa.

Os prisioneiros oprimidos que podem escapar de sua prisão e não o fazem são covardes. Selma, uma prisioneira inocente e oprimida, não conseguiu se libertar da escravidão. Deveria se sentir culpada por ter olhado através da janela da prisão para os campos verdes e o amplo céu? Acaso as pessoas deveriam considerá-la uma mentirosa para com o seu marido por ter saído de sua casa para vir se sentar a meu lado entre Cristo e Ishtar? Que as pessoas digam o que quiserem; Selma havia passado pelos pântanos de onde submergem outros espíritos e aterrissado em um mundo que jamais haveria de ser alcançado pelo uivo dos lobos e pelo chocalho das cobras. As pessoas podem dizer o que quiserem a meu respeito, pois o espírito que viu o espectro da morte não se assusta com o rosto dos ladrões, o soldado que viu as espadas brilhando sobre sua cabeça e riachos de sangue sob seus pés não se importa com as pedras que nele atiram as crianças nas ruas.

CAPÍTULO 9
O sacrifício

Certo dia, no final de junho, quando as pessoas deixavam a cidade para ir à montanha a fim de evitar o calor do verão, fui ao templo, como de costume, para encontrar Selma, carregando comigo um pequeno livro de poemas andaluzes. Quando cheguei, sentei-me lá esperando por ela, olhando de relance as páginas do meu livro, recitando aqueles versos que encheram meu coração de êxtase e trouxeram à minha alma a memória dos reis, poetas e cavaleiros que se despediram de Granada, deixando para trás - com lágrimas nos olhos e tristeza no coração - seus palácios, instituições e esperanças. Menos de uma hora depois, vi Selma caminhando em meio aos jardins, aproximando-se do templo, apoiada em seu guarda-sol como se estivesse carregando todas as preocupações do mundo sobre os ombros. Quando por fim entrou e sentou-se ao meu lado, notei uma certa mudança em seus olhos e fiquei ansioso para lhe perguntar a respeito.

Selma sentiu o que se passava em minha mente, colocou a mão na minha cabeça e disse:

— Chegue perto de mim. Venha, meu amado, venha e deixe-me matar minha sede, pois a hora da separação chegou.

— Seu marido descobriu que nos encontramos aqui? - perguntei-lhe.

— Meu marido não se importa comigo nem sabe como gasto meu tempo, pois está ocupado com aquelas pobres garotas cuja pobreza levou para as casas de má fama, aquelas garotas que vendem seu corpo por um pão amassado com sangue e lágrimas - ela respondeu.

Perguntei, então:

— O que a impede de vir até este templo sentar-se ao meu lado reverentemente diante de Deus? Sua alma está rogando por nossa separação?

Ela respondeu com lágrimas nos olhos:

— Não, meu amado, meu espírito não pediu separação, pois você é parte de mim. Meus olhos nunca se cansam de olhar para você, pois você é a luz deles, mas se o destino determinasse que eu fosse obrigada a trilhar o duro caminho da vida carregada de grilhões, por acaso ficaria satisfeita se seu destino fosse igual ao meu? — Acrescentou, então: — Não posso dizer tudo, pois minha língua emudeceu-se pela dor e não pode falar, os lábios estão selados pela miséria e não podem se mover. Tudo o que posso lhe dizer é que tenho medo de que você caia na mesma armadilha em que eu caí.

— O que você quer dizer, Selma? De quem tem medo? — perguntei.

Ela cobriu o rosto com as mãos e disse:

— O bispo descobriu que tenho saído uma vez por mês do túmulo onde ele me enterrou.

— Então o bispo descobriu sobre nossos encontros neste lugar? - perguntei.

— Se ele tivesse descoberto, você não estaria me vendo aqui sentada ao seu lado, mas ele começou a mostrar desconfiança e pediu a todos os seus criados e guardas para me vigiarem de perto. Sinto que tanto a casa onde vivo quanto os caminhos por onde ando são simplesmente olhos me observando, dedos apontando para mim e ouvidos escutando os sussurros de meus pensamentos.

Ela ficou em silêncio por um tempo e, em seguida, acrescentou, com lágrimas escorrendo pelas faces:

— Não tenho medo do bispo, já que a umidade não assusta os afogados, mas tenho medo de que você possa cair na armadilha dele e se tornar sua presa. Você ainda é jovem e livre, como a luz do sol. Não tenho medo do destino que atirou todas as suas flechas em meu peito, mas tenho medo de que a serpente possa morder seus pés, impedindo-o de escalar o pico da montanha onde o futuro o aguarda com seu prazer e sua glória.

Retorqui, então:

— Aquele que não foi mordido pelas serpentes da luz e abocanhado pelos lobos da escuridão sempre será enganado pelos dias e pelas noites. Mas ouça, Selma, ouça com atenção: é por acaso a separação o único meio de evitar os males e a mesquinharia das pessoas? Acaso se fechou o caminho do amor e da liberdade, não sobrando nada além da submissão à vontade dos escravos da morte?

— Não resta nada além da separação e da nossa despedida – respondeu ela.

Com espírito rebelde, tomei sua mão e disse, com empolgação:

— Nós nos rendemos à vontade do povo por muito tempo. Desde o momento em que nos conhecemos até este instante, fomos conduzidos pelos cegos e adoramos seus ídolos juntamente com eles. Desde o momento em que a conheci, estivemos nas mãos do bispo como duas bolas que ele arremessava ao seu redor como quisesse. Havemos de nos submeter à vontade dele até que a morte nos leve embora? Acaso Deus nos deu o sopro da vida para colocá-la sob os pés da morte? Deu-nos liberdade para torná-la uma sombra da escravidão? Aquele que extingue o fogo de seu espírito com as próprias mãos é um infiel aos olhos do Céu, pois foi o Céu que acendeu o fogo que queima em nossos espíritos. Aquele que não se rebela contra a opressão comete uma injustiça para consigo. Eu amo você, Selma, e você me ama também, e o Amor é um tesouro precioso, um presente de Deus para os espíritos sensíveis e grandiosos. Devemos jogar esse tesouro fora e deixar que os porcos o dispersem e pisem nele? Este mundo está cheio de maravilhas e de beleza. Por que estamos vivendo neste estreito túnel que o bispo e seus assistentes cavaram para nós? A vida é cheia de felicidade e de liberdade; por que não tiramos este jugo pesado de nossos ombros, quebramos as correntes amarradas aos nossos pés e caminhamos livremente em direção à paz? Levante-se e deixemos este pequeno templo, dirigindo-nos ao grande templo de Deus. Deixemos este país e toda a sua escravidão e ignorância, seguindo para um outro, distante e fora do alcance das mãos dos ladrões. Vamos para o litoral sob o manto da noite e peguemos um barco que nos levará através dos oceanos, onde possamos encontrar uma vida nova, cheia de felicidade e compreensão. Não hesite, Selma, pois estes minutos são mais preciosos para nós do que as coroas dos reis e mais sublimes do que os tronos dos anjos. Sigamos a coluna de luz que nos leva deste deserto árido para os campos verdes onde crescem flores e plantas aromáticas.

Ela balançou a cabeça e olhou para algo invisível no teto do templo. Um sorriso triste apareceu em seus lábios e, em seguida, ela disse:

— Não, não, meu amado. O Céu colocou em minha mão uma taça, cheia de vinagre e de fel, e forcei-me a bebê-la para conhecer a amargura completa do fundo, até que nada restasse além de algumas gotas, que haverei de beber pacientemente. Não sou digna de uma nova vida de amor e de paz, não sou forte o suficiente para os prazeres e a doçura da vida, porque um pássaro com as asas quebradas não é capaz de voar no amplo céu. Os olhos acostumados à luz fraca de uma vela não são fortes o suficiente para encarar o sol. Não me fale de felicidade, sua mera memória me faz sofrer. Não mencione paz para mim, sua sombra me assusta. Mas olhe para mim e haverei de lhe mostrar a chama sagrada que o Céu acendeu nas cinzas do meu coração... Você sabe que eu amo você assim como uma mãe ama seu único filho, e o Amor me ensinou apenas a protegê-lo, até de mim mesmo. O Amor, purificado com o fogo, é o que me impede de segui-lo até a terra mais distante. O Amor mata meus desejos, para que você possa viver livre e virtuosamente. Um amor limitado pede a posse do amado, mas o amor ilimitado pede apenas si mesmo. O Amor que aparece entre a ingenuidade e o despertar da juventude se satisfaz com a posse e cresce com abraços. Mas o Amor que nasce no colo do firmamento e se firmou com os segredos da noite não se deixa contestar com nada, a não ser com a Eternidade e a Imortalidade – ele não reverencia nada, além da divindade.

"Quando soube que o bispo queria me impedir de sair da casa de seu sobrinho e tirar de mim meu único prazer, fiquei diante da janela do meu quarto e olhei para o mar, pensando nos vastos países além dele e na verdadeira liberdade e independência pessoal que podem lá ser encontradas. Senti que estava vivendo ao seu lado, cercada pelas sombras do seu espírito, submersa no oceano dos seus afetos. Mas todos esses pensamentos que iluminam o coração de uma mulher e a fazem se rebelar contra velhos costumes, vivendo à sombra da liberdade e da justiça, fizeram-me crer que sou fraca, e que nosso amor é limitado e débil, incapaz de ficar diante da figura do sol. Chorei como um rei cujos tesouros e cujo reino foram usurpados, mas, imediatamente, vi seu rosto através das minhas lágrimas, com seus olhos fitando-me, e me lembrei do que você me disse certa vez: 'Venha, Selma, venha e sejamos como torres fortes diante da tempestade. Vamos agir como bravos soldados diante do inimigo e enfrentar suas armas. Se formos mortos, haveremos de morrer como mártires e, se vencermos, de viver como heróis. Enfrentar obstáculos e dificuldades é mais nobre do que recuar para o recanto da tranquilidade'. Você proferiu essas palavras, meu amado, quando as asas da morte pairavam sobre a cama do meu pai; lembrei-me delas ontem quando as asas do desespero passaram a pairar sobre a minha cabeça. Fortaleci-me e senti, enquanto me encontrava na escuridão da minha prisão, um certo tipo de preciosa liberdade aliviando nossas dificuldades e diminuindo nossas tristezas. Descobri que nosso amor era tão profundo quanto o oceano, tão alto quanto as estrelas e tão amplo quanto o céu. Vim aqui para vê-lo, e em meu fraco espírito há uma nova força, e essa força é a capacidade de sacrificar algo imenso para obter uma outra coisa ainda maior, trata-se do sacrifício da minha felicidade para que você possa permanecer virtuoso e honrado aos olhos do povo, mantendo-se longe de suas traições e perseguição."

"No passado, quando eu vinha até este lugar, sentia como se pesadas correntes estivessem me puxando para baixo, mas hoje vim aqui com uma nova determinação, que ri das algemas e encurta o caminho. Costumava vir a este templo como um fantasma assustado, mas hoje vim como uma mulher corajosa que sente a urgência do sacrifício e conhece o valor do sofrimento, uma mulher que gosta de proteger aquele a quem ama das pessoas ignorantes e de seu espírito faminto. Costumava sentar-me ao seu lado como uma sombra trêmula, mas hoje vim aqui para lhe mostrar meu verdadeiro eu diante de Ishtar e de Cristo."

"Eu sou uma árvore que cresceu à sombra e hoje estiquei meus galhos para tremer um pouco sob a luz do dia. Vim aqui para lhe dizer adeus, meu amado, e espero que nossa despedida seja enorme e terrível, como o nosso amor. Que a nossa despedida seja como o fogo que dobra o ouro, tornando-o ainda mais resplandecente."

Selma não me deixou falar ou protestar, mas olhou para mim, com os olhos brilhando, o rosto com a mesma distinção, parecendo um anjo digno de silêncio e respeito. Então, ela atirou-se sobre mim, algo que ela nunca fizera antes, e colocou seus braços macios ao meu redor, imprimindo um beijo longo, profundo e ardente em meus lábios.

Enquanto o sol se punha, retirando seus raios daqueles jardins e pomares, Selma foi até o meio do templo e olhou ao longo de suas paredes e recantos, como se quisesse derramar a luz de seus olhos naquelas imagens e símbolos. Então, caminhou para a frente e ajoelhou-se em reverência diante da imagem de Cristo, beijou Seus pés e sussurrou:

— Ó, Cristo, escolhi a Sua Cruz e abandonei o mundo de prazer e felicidade de Ishtar, usei a coroa de espinhos e descartei a coroa de louros e lavei-me com sangue e lágrimas em vez de perfumes e aromas, bebi vinagre e fel de uma taça destinada a vinho e néctar. Aceite-me, meu Senhor, entre Seus seguidores e leve-me para a Galileia com aqueles que O escolheram, lutando com seus sofrimentos e deleitando-se em suas tristezas.

Ao se levantar, ela olhou para mim e disse:

— Agora, retornarei feliz para a minha caverna escura, onde fantasmas horríveis residem.

Não empatize comigo, meu amado, e tampouco sinta pena, porque depois que a alma vê a sombra de Deus uma única vez nunca mais haverá de se assustar com os fantasmas dos demônios. E o olho que olha para o céu uma única vez não será fechado pelas dores do mundo.

Dizendo tais palavras, Selma deixou aquele local de culto, ao passo que eu ali permaneci, perdido em um mar profundo de pensamentos, absorto no mundo da revelação, onde Deus está assentado em seu trono, os anjos registram os atos dos seres humanos, as almas recitam a tragédia da vida e as noivas do Céu cantam seus hinos de amor, tristeza e imortalidade.

A noite já havia chegado quando acordei de meu devaneio e me vi confuso em meio aos jardins, repetindo o eco de cada palavra proferida por Selma e lembrando-me de seu silêncio, suas ações, seus movimentos, sua expressão e o toque de suas mãos, até perceber o significado da despedida e a dor da solidão. Encontrava-me deprimido e com o coração partido. Foi então que descobri que os homens, a despeito de nascerem livres, haverão de permanecer escravos das leis rígidas promulgadas por seus antepassados; e que o firmamento, que imaginamos imutável, nada mais é que a rendição de hoje à vontade de amanhã e a submissão de ontem à vontade de hoje... Muitas vezes, desde aquela noite, pus-me a pensar na lei espiritual que fez com que Selma preferisse a morte à vida, e muitas vezes comparei a nobreza do sacrifício à felicidade da rebelião, para tentar descobrir qual é mais nobre e mais bela, mas, até agora, destilei apenas uma verdade de todo esse assunto, a de que é a sinceridade que torna todas as nossas ações belas e honrosas. E havia essa sinceridade em Selma Karamy.

CAPÍTULO 10
O salvador

Cinco anos de casamento de Selma se passaram sem que houvesse filhos para fortalecer os laços da relação espiritual entre ela e seu marido, unindo aquelas duas almas que se repeliam.

Uma mulher estéril é vista com desdém em todo lugar, devido ao desejo da maioria dos homens de se perpetuar através da posteridade.

O homem ordinário considera a esposa sem filhos como uma inimiga, detestando-a, abandonando-a e desejando a sua morte. Mansour Bey Galib era esse tipo de homem. Materialmente, era como a terra, duro como o aço e ganancioso como um túmulo. Seu desejo de ter um filho para continuar seu nome e sua reputação fez com que ele odiasse Selma, apesar de sua beleza e doçura.

Uma árvore cultivada em uma caverna não dá frutos, e Selma, que vivia à sombra da vida, não tinha filhos...

O rouxinol não faz seu ninho em uma gaiola para que a escravidão não seja o destino de seus filhotes... Selma mantinha-se prisioneira da miséria, e era a vontade do Céu que ela não tivesse outro prisioneiro para compartilhar de sua vida. As flores do campo são as crianças da afeição do sol e do amor da natureza; e as crianças dos homens são as flores do amor e da compaixão...

O espírito de amor e da compaixão nunca dominou a bela casa de Selma em Ras Beirut. No entanto, ela se ajoelhava todas as noites diante do Céu e pedia a Deus uma criança em quem ela pudesse encontrar conforto e consolo... Ela orou sem cessar, até que enfim o Céu atendeu a suas orações...

Por fim, a árvore da caverna floresceu a ponto de dar frutos. O rouxinol na gaiola começou a fazer seu ninho com as penas de suas asas.

Selma estendeu seus braços acorrentados em direção ao Céu para receber o precioso presente de Deus e nada no mundo poderia tê-la feito mais feliz do que se tornar uma mãe em potencial.

Ela esperou ansiosamente, contando os dias e ansiando pelo momento em que a mais doce melodia do Céu, a voz de seu filho, soaria em seus ouvidos...

Ela começou a ver o amanhecer de um futuro melhor através de suas lágrimas.

Era o mês de Nisan quando Selma estava estendida no leito, em meio à dor do trabalho de parto, lutando entre a vida e a morte. O médico e a parteira estavam prontos para entregar ao mundo um novo hóspede. Tarde da noite, Selma começou seu choro incessante... um grito advindo da separação de uma vida da outra... um grito de continuidade no firmamento do nada... um grito de uma força frágil diante da quietude das grandes forças... o grito da pobre Selma, que se encontrava deitada em desespero sob os pés da vida e da morte.

Ao amanhecer, Selma deu à luz um menino. Ao abrir os olhos, viu rostos sorridentes por todo o quarto e, ao olhar novamente, voltou a ver a vida e a morte, ainda lutando ao lado de sua cama. Fechou os olhos e chorou, dizendo pela primeira vez:

— Ah, meu filho! — A parteira enfaixou o bebê em seda e colocou-o ao lado da mãe, mas o médico continuou olhando para Selma e balançando a cabeça com tristeza.

As vozes de alegria acordaram os vizinhos, que correram para dentro da casa para felicitar o pai pelo nascimento de seu herdeiro, no entanto, o médico continuava a fitar Selma e seu bebê e a balançar a cabeça...

Os criados correram para dar a boa notícia para Mansour Bey, mas o médico olhou para Selma e seu filho com um olhar de decepção no rosto.

Quando o sol nasceu, Selma levou o bebê ao peito. Ele abriu os olhos pela primeira vez, olhou para a mãe e, então, estremeceu e fechou-os pela última vez. O médico tirou a criança dos braços de Selma e, em suas faces, caíam lágrimas. Em seguida, ele sussurrou para si mesmo:

— É um hóspede que está de partida.

A criança faleceu enquanto os vizinhos comemoravam com o pai no grande saguão da casa, bebendo à saúde do herdeiro, e Selma olhava para o médico, implorando-lhe:

— Dê-me meu filho e deixe-me abraçá-lo.

Embora a criança estivesse morta, aumentava o ruído dos copos no corredor...

Ele nasceu na alvorada e morreu logo que o sol nasceu...

Nasceu como um pensamento, morreu como um suspiro e desapareceu como uma sombra.

Não viveu para consolar e confortar sua mãe.

Sua vida começava no fim da noite e terminava no começo do dia, como uma gota d'água derramada pelos olhos do escuro e seca pelo toque da luz.

Uma pérola trazida pela maré até a costa e devolvida pela vazante às profundezas do mar...

Um lírio que acaba de florescer, advindo do gérmen da vida, e esmagado sob os pés da morte.

Um hóspede querido cuja aparição iluminou o coração de Selma e cuja partida matou sua alma.

Essa é a vida dos homens, a vida das nações, a vida dos sóis, das luas e estrelas.

E Selma focou seus olhos no médico e exclamou:

— Dê-me meu filho e deixe-me abraçá-lo, dê-me meu filho e deixe-me amamentá-lo.

Então, o médico abaixou a cabeça. Sua voz embargou e ele disse:

— Seu filho está morto, minha senhora, tenha paciência.

Ao ouvir o anúncio do médico, Selma soltou um grito terrível. Em seguida, ficou quieta por um instante e sorriu de felicidade. Seu rosto iluminou-se como se tivesse descoberto algo e, calmamente, ela disse:

— Dê-me meu filho, traga-o para perto de mim e deixe-me vê-lo morto.

O médico carregou a criança morta até Selma e colocou-a entre seus braços. Ela abraçou-o e, então, virou o rosto em direção à parede, dirigiu-se à criança morta e disse:

— Você veio para me levar embora, minha criança. Veio para me mostrar o caminho que leva à costa. Eis-me aqui, minha criança, guie-me e deixe-nos sair desta caverna escura.

E, em um minuto, o raio de sol penetrou as cortinas da janela e caiu sobre dois corpos imóveis deitados em uma cama, guardados pela profunda dignidade do silêncio e sombreados pelas asas da morte. O médico saiu do quarto com lágrimas nos olhos e, ao chegar ao grande saguão, as celebrações foram convertidas em um funeral, mas Mansour Bey Galib jamais pronunciou uma só palavra ou derramou uma única lágrima. Ele permaneceu de pé, imóvel como uma estátua, segurando um copo com a mão direita.

❖ ❖ ❖ ❖ ❖ ❖ ❖

No dia seguinte, Selma foi envolta em seu vestido de noiva branco e colocada em um caixão. A mortalha da criança eram as suas faixas de seda; seu caixão, os braços de sua mãe; seu túmulo, o peito calmo dela. Dois cadáveres eram carregados em um só esquife, e eu caminhei reverentemente com a multidão que acompanhava Selma e seu bebê até o local de descanso dos dois.

Ao chegar ao cemitério, o bispo Galib começou a cantar enquanto os outros padres rezavam, e em seus rostos sombrios transparecia um véu de ignorância e vazio.

À medida que o caixão descia, um dos espectadores sussurrou:

— Esta é a primeira vez na minha vida que vejo dois cadáveres em um caixão.

Outro disse:

— Parece que a criança veio resgatar sua mãe do marido implacável.

Um terceiro disse:

— Olhem para Mansour Bey: ele admira o céu como se seus olhos fossem feitos de vidro. Não parece ter perdido a esposa e o filho em um só dia.

Um quarto sujeito acrescentou:

— Seu tio, o bispo, vai casá-lo novamente amanhã, com uma mulher mais rica e mais forte.

O bispo e os padres continuaram cantando e entoando cânticos até que o coveiro terminou de preencher a vala. Então, as pessoas, uma a uma, aproximaram-se do bispo e de seu sobrinho e ofereceram-lhes seus respeitos com doces palavras de simpatia, mas eu fiquei de lado, sozinho, sem uma só alma para me consolar, como se Selma e seu filho não significassem nada para mim.

Os presentes deixaram o cemitério, e o coveiro ficou ao lado do novo túmulo, segurando uma pá.

Quando me aproximei dele, perguntei-lhe:

— Você se lembra de onde Farris Effandi Karamy foi enterrado?

Ele olhou para mim por um momento e, então, apontou para o túmulo de Selma, dizendo:

— Bem aqui; coloquei a filha dele sobre ele e sobre o peito de sua filha repousa o filho dela, e sobre todos os três coloquei de volta a terra com esta pá.

Disse eu, então:

— Nesta vala você também enterrou meu coração.

Quando o coveiro desapareceu atrás dos choupos, não consegui mais resistir; deixei-me cair sobre o túmulo de Selma e chorei.

Areia e Espuma

Caminho eternamente por estas praias,
entre a areia e a espuma.
A maré alta apagará as minhas pegadas,
e o vento soprará as ondas.
Mas o mar e a praia permanecerão
para sempre.

❖

Certa vez enchi a minha mão com a névoa.
Depois, abri-a e vi que a névoa era um verme.
Fechei-a e abri-a novamente,
e eis que nela havia um pássaro.
Mais uma vez, fechei e abri minha mão,
e em sua palma via-se um homem com
um rosto triste, virado para cima.
Novamente fechei-a e, ao abri-la de novo,
nada havia além de névoa.
Mas ouvi uma canção de excessiva brandura.

❖

Ontem mesmo considerava-me um fragmento
tremendo sem ritmo na esfera da vida.
Agora sei que sou eu a esfera, e toda a vida em
fragmentos rítmicos move-se dentro de mim.

❖

Dizem-me ao despertar:
— Você e o mundo em que vive são apenas um grão de areia na costa infinita de um mar sem fim.
E, em meu sonho, sou eu quem lhes diz:
— Eu sou o mar infinito, e todos os mundos são apenas grãos de areia na minha costa.

❖

Fiquei mudo apenas uma vez na vida.
Foi quando um homem me perguntou:

— Quem é você?

❖

O primeiro pensamento de Deus foi um anjo.
A primeira palavra de Deus foi um homem.

❖

Éramos criaturas esvoaçantes, errantes e ansiosas milhares de anos antes que o mar e o vento na floresta nos dessem palavras.
Agora, como podemos expressar os longínquos dias de outrora em nós apenas com os sons dos nossos pretéritos?

❖

A Esfinge falou apenas uma vez e disse:
— Um grão de areia é um deserto e um deserto

é um grão de areia. E, agora, fiquemos todos em silêncio novamente.
Ouvi a Esfinge, mas não entendi.

❖

Por muito tempo, deitei-me no pó do Egito,
silencioso e inconsciente das estações.
Então, o sol deu à luz, e levantei-me e caminhei
sobre as margens do Nilo,
cantando com os dias e sonhando com as noites.
Agora, o sol caminha sobre mim com mil pés, para
que eu possa me deitar novamente no pó do Egito.
Mas eis uma maravilha e um enigma!
O mesmo sol que me agregou não é
capaz de me dispersar.
Continuo ereto e caminho com segurança
sobre as margens do Nilo.

❖

A lembrança é uma forma de encontro.

❖

O esquecimento é uma forma de liberdade.

❖

Medimos o tempo de acordo com o movimento de incontáveis sóis; eles medem o tempo com pequenas máquinas em seus pequenos bolsos.

Diga-me então, como poderíamos nos encontrar ao mesmo tempo e no mesmo lugar?

❖

Para quem olha pelas janelas da Via Láctea, o Espaço não é a lacuna entre a Terra e o Sol.

❖

A humanidade é um rio de luz que corre da ex-eternidade para a eternidade.

❖

Acaso os espíritos que habitam o éter não invejam as dores do homem?

❖

No meu caminho até a Cidade Santa, encontrei outro peregrino e perguntei-lhe:
— Este é realmente o caminho para a Cidade Santa?
Ele respondeu:

— Siga-me, e você chegará à Cidade Santa dentro de um dia e uma noite.
E eu o segui. E nós caminhamos muitos dias e muitas noites, mas não chegamos à Cidade Santa.
E, para minha grande surpresa, ele irritou-se comigo por ter me enganado.

❖

Faça de mim, ó, Deus, a presa do leão,
antes de fazer do coelho a minha presa.

❖

Não se pode alcançar o amanhecer
senão pelo caminho da noite.

❖

Diz-me a minha casa:

— Não me deixe, pois aqui mora seu passado.
E diz-me a estrada:

— Venha e siga-me, pois sou o seu futuro.
E eu digo tanto para a minha casa quanto
para a estrada:

— Eu não tenho passado nem tenho futuro.
Se aqui ficar, há um certo ir em minha permanência;
se decidir partir, há um certo ficar em minha
partida. Somente o amor e a morte haverão
de mudar todas as coisas.

❖

Como posso perder a fé na justiça da vida,
quando os sonhos daqueles que dormem sobre
penas não são mais belos do que os sonhos
daqueles que dormem sobre a terra?

❖

Que estranho, o desejo por certos
prazeres é parte da minha dor.

❖

Por sete vezes, desprezei a minha alma:
A primeira vez foi quando a vi se fazendo
pequena para alcançar as alturas.
A segunda vez, quando a vi mancando
diante dos aleijados.
A terceira, quando lhe foi dado escolher
entre o difícil e o fácil, e ela escolheu o fácil.
A quarta, quando cometeu um erro e achou consolo
no fato de outros também cometerem erros.
A quinta, quando ela se absteve por fraqueza,
atribuindo sua paciência à força.
A sexta, quando ela desprezou a feiura
de um rosto, sem saber que se tratava
de uma de suas próprias máscaras.
E a sétima, quando cantou uma canção
de louvor, considerando ser isso uma virtude.

❖

Eu sou ignorante da verdade absoluta.
Mas sou humilde diante da minha ignorância
e nisso reside minha honra e minha recompensa.

❖

Entre a imaginação do homem e sua realização há
um espaço que só pode ser atravessado por seu desejo.

❖

O paraíso está ali, atrás daquela porta,
no quarto ao lado, mas perdi sua chave.
Talvez apenas a tenha colocado no lugar errado.

❖

Você é cego, e eu sou surdo e mudo.
Então, demos as mãos e tentemos entender.

❖

A importância do homem não está no que ele
alcança, mas sim no que deseja alcançar.

❖

Alguns de nós são como tinta; outros, como papel.
Se não fosse pela negritude de uns,
os outros continuariam mudos.
E, se não fosse pela brancura de uns,
os outros seriam cegos.

❖

Dê-me um ouvido e eu lhe darei uma voz.

❖

Nossa mente é uma esponja,
nosso coração é um riacho.
Não é estranho que a maioria de
nós escolha sugar em vez de correr?

❖

Quando você anseia por bênçãos que talvez não saiba nomear e quando sofre sem saber a causa, então, de fato, você está crescendo com todas as coisas que crescem e se elevando em direção ao seu eu superior.

❖

Quando alguém está embriagado por uma visão, considera sua frágil expressão dela o próprio vinho.

❖

Você bebe para se embriagar, e eu bebo para que ele não me deixe embriagar com aquele outro vinho.

❖

Quando meu copo está vazio, resigno-me ao seu vazio, mas, quando está meio cheio, ressinto-me de sua quase plenitude.

❖

A realidade da outra pessoa não está no que ela lhe revela, mas no que ela não pode lhe revelar. Portanto, se você quer compreendê-la, não ouça o que ela diz, mas sim o que ela não diz.

❖

Metade do que digo não tem sentido,
mas digo mesmo assim, para que a outra
metade possa chegar até você.

❖

Senso de humor é senso de proporção.

❖

Minha solidão nasceu quando os homens
elogiaram meus defeitos ao falar e culparam
minhas virtudes ao calar.

❖

Quando a vida não encontra um cantor para
cantar o que diz seu coração, ela produz um
filósofo para falar o que lhe vem à mente.

❖

Uma verdade deve ser conhecida sempre
e dita algumas vezes.

❖

O natural em nós é silencioso,
ao passo que o adquirido fala.

❖

A voz da vida em mim não pode alcançar o ouvido da vida em você, mas tratemos de conversar para que não nos sintamos solitários.

❖

Quando duas mulheres conversam, não dizem nada; quando uma mulher fala, ela revela toda a sua vida.

❖

As rãs podem berrar mais alto do que os touros, mas não são capazes de arrastar o arado no campo nem de girar a roda do lagar, e tampouco se pode fazer sapatos com sua pele.

❖

Apenas os mudos invejam aqueles que falam.

❖

Se o inverno dissesse "A primavera está em meu coração", quem haveria de acreditar no inverno?

❖

Toda semente é um anseio.

❖

Se você realmente abrisse seus olhos e visse, contemplaria a própria imagem em todas as outras. E, se abrisse seus ouvidos e escutasse, ouviria a própria voz em todas as outras.

❖

São necessários dois de nós para descobrir a verdade: um para pronunciá-la e outro para compreendê-la.

❖

Embora a onda de palavras sempre paire sobre nós, nossa profundidade permanecerá eternamente em silêncio.

❖

Muitas doutrinas são como uma vidraça. Vemos a verdade através dela, mas é ela quem nos mantém separados da verdade em si.

❖

Agora, vamos brincar de esconde-esconde. Se você se esconder em meu coração, não será difícil encontrá-lo. Mas se você se esconder dentro da própria concha, então será inútil para qualquer um procurá-lo.

❖

Uma mulher pode velar seu rosto com um sorriso.

❖

Quão nobre é o coração triste capaz de cantar uma canção animada com corações alegres.

❖

O homem capaz de compreender uma mulher,
dissecar um gênio ou resolver o mistério do silêncio
é o mesmo sujeito que acorda de um lindo sonho
para se sentar à mesa do café da manhã.

❖

Eu andaria com todos aqueles que andam.
Jamais ficaria parado para assistir a
procissão passar.

❖

Você deve mais do que ouro àquele que lhe serve.
Dê-lhe seu próprio coração ou sirva-o.

❖

Não, não vivemos em vão. Acaso não
construíram torres com os nossos ossos?

❖

Não sejamos tão peculiares e limitados.
Tanto a mente do poeta quanto a cauda do escorpião
se erguem em glória a partir da mesma terra.

❖

Cada dragão dá à luz um São Jorge que o mata.

❖

Árvores são poemas que a terra escreve no céu.
Nós as derrubamos e as transformamos em papel
para que possamos registrar nosso vazio.

❖

Se você se preocupa em escrever (e os santos
sabem muito bem seu motivo para fazê-lo),
você precisa ter conhecimento, arte e música –
o conhecimento da música das palavras, a arte de
ser natural e a magia de amar seus leitores.

❖

Eles mergulham suas canetas em nossos
corações e acham que estão inspirados.

❖

Se uma árvore escrevesse sua autobiografia,
ela não seria diferente da história de uma raça.

❖

Se eu tivesse de escolher entre o poder de escrever
um poema e o êxtase de um poema não escrito,
escolheria o êxtase. Eis a melhor poesia.
Mas tanto você quanto todos os meus vizinhos
concordam que eu sempre escolho mal.

❖

A poesia não é uma opinião expressa.
Trata-se de uma canção que surge de uma ferida
sangrando ou de uma boca sorridente.

❖

As palavras são atemporais. Você deve
pronunciá-las ou escrevê-las com a devida
consciência de sua atemporalidade.

❖

Um poeta é um rei destronado sentado
entre as cinzas de seu palácio tentando moldar
uma imagem a partir das cinzas.

❖

A poesia é uma mistura de alegria, dor e
admiração, com uma pitada de dicionário.

❖

O poeta busca em vão a mãe das
canções do seu coração.

❖

Certa vez, eu disse a um poeta:
— Não saberemos seu valor até que você morra.
E ele respondeu-me dizendo:
— Sim, a morte é sempre reveladora.
E se você realmente quiser saber quanto valho,
tenho mais valor em meu coração do que em minha
língua, mais em meu desejo do que em minha mão.

❖

Se você cantar a beleza, mesmo estando sozinho
no coração do deserto, haverá de ter um público.

❖

Poesia é sabedoria que encanta o coração.
Sabedoria é poesia que canta na mente.
Se pudéssemos encantar o coração do homem
e ao mesmo tempo cantar em sua mente,
então, de fato, ele viveria na sombra de Deus.

❖

A inspiração sempre cantará;
a inspiração nunca explicará.

❖

Muitas vezes, cantamos canções de ninar para nossos filhos a fim de que nós mesmos possamos dormir.

❖

Todas as nossas palavras são apenas migalhas
que caem do banquete da mente.

❖

Pensar é sempre a pedra no caminho da poesia.

❖

Um grande cantor é aquele que canta nossos silêncios.

❖

Como você é capaz de cantar se sua boca
está cheia de comida?
Como sua mão se levanta para benzer
se está cheia de ouro?

❖

Dizem que o rouxinol fura o peito com um espinho
quando canta sua canção de amor.
Assim como todos nós. De que outra
forma cantaríamos?

❖

Gênio é nada mais que o canto de um tordo no início de uma primavera tardia.

❖

Mesmo o espírito mais alado não é capaz de escapar das necessidades físicas.

❖

Um louco não é menos músico do que você ou eu; tão somente o instrumento que ele toca se encontra um pouco desafinado.

❖

A canção que jaz em silêncio no coração de uma mãe é cantada pelos lábios de seu filho.

❖

Nenhum desejo permanece sem ser satisfeito.

❖

Nunca concordei com meu outro eu completamente. A verdade da questão parece pairar entre nós.

❖

Seu outro eu sempre apieda-se de você. Mas seu outro eu cresce na tristeza; então, tudo bem.

❖

Não há luta entre alma e corpo, a não ser
na mente daqueles cuja alma está adormecida
e cujos corpos estão desafinados.

❖

Quando você chegar ao coração da vida,
haverá de encontrar beleza em todas as coisas,
até mesmo nos olhos cegos à beleza.

❖

Vivemos apenas para descobrir a beleza.
Todo o resto é uma forma de espera.

❖

Plante uma semente e a terra lhe dará uma flor.
Sonhe seu sonho em direção ao céu
e ele lhe trará o ser amado.

❖

O diabo morreu no mesmo dia em que você nasceu.
Agora, não há necessidade de que você passe pelo
inferno para encontrar um anjo.

❖

Muitas mulheres tomam emprestado o coração de um
homem; pouquíssimas conseguem possuí-lo.

❖

Se você deseja possuir algo, não deve reivindicá-lo.

❖

Quando a mão de um homem toca a mão de uma mulher, ambos tocam o coração da eternidade.

❖

O amor é o véu entre dois amantes.

❖

Todo homem ama duas mulheres;
uma é mera criação de sua imaginação
e a outra ainda não nasceu.

❖

Homens que não perdoam as pequenas falhas das mulheres nunca haverão de desfrutar de suas grandes virtudes.

❖

O amor que não se renova a cada dia se torna um hábito e, assim, uma escravidão.

❖

Os amantes abraçam o que se encontra entre eles em vez de abraçar um ao outro.

❖

Amor e dúvida nunca se falaram.

❖

Amor é uma palavra de luz, escrita por uma mão de luz, em uma página de luz.

❖

A amizade é sempre uma doce responsabilidade, nunca uma oportunidade.

❖

Se você não compreender seu amigo sob qualquer condição, nunca haverá de compreendê-lo.

❖

Sua vestimenta mais exuberante vem
do tear da outra pessoa.
Sua refeição mais saborosa é aquela
que você come à mesa da outra pessoa.
Sua cama mais confortável está
na casa da outra pessoa.
Diga-me então, como você pode se
separar dessa outra pessoa?

❖

Sua mente e meu coração nunca haverão de concordar até que a sua mente deixe de viver nos números e, meu coração, na névoa.

❖

Nunca haveremos de nos entender até que reduzamos a linguagem a apenas sete palavras.

❖

Como meu coração poderá se abrir sem ser partido?

❖

Somente uma grande tristeza ou uma grande alegria podem revelar sua verdade. Se você quiser ser revelado, ou deve dançar nu ao sol ou carregar a sua cruz.

❖

Se a natureza prestasse atenção ao que entendemos por contentamento, nenhum rio buscaria o mar e nenhum inverno se tornaria primavera. Se ela prestasse atenção a tudo o que dizemos acerca da frugalidade, quantos de nós estaríamos respirando este ar?

❖

Você só vê sua própria sombra quando
vira as costas para o sol.

❖

Você é livre diante do sol do dia e livre
diante das estrelas da noite e é livre quando
não há sol, nem lua, nem estrelas.
Você é livre até mesmo quando fecha os
olhos para tudo o que existe.
Mas é um escravo daquele que ama por amá-lo,
E um escravo daquele que o ama por ser amado.

❖

Somos todos mendigos no portão do templo,
e cada um de nós recebe a sua parte da
generosidade do rei ao entrar e ao sair do templo.
Mas todos temos inveja uns dos outros, o que
equivale a uma forma distinta de menosprezar o rei.

❖

Você não pode consumir além do seu apetite.
A outra metade do pão pertence à outra pessoa, e
deve sobrar um pouco para um convidado eventual.

❖

Se não fossem seus convidados,
todas as casas seriam túmulos.

❖

Disse um lobo cortês a uma simples ovelha:
— Você não honraria nossa casa com uma visita?
E a ovelha respondeu:
— Ficaríamos honradas em visitar a sua casa, se ela não se encontrasse em seu estômago.

❖

Parei meu convidado à soleira e disse:
— Não, não limpe os pés ao entrar, limpe-os ao sair.

❖

A generosidade não está em me dar aquilo de que eu preciso mais do que você, mas em me dar aquilo de que você precisa mais do que eu.

❖

De fato, você é caridoso quando doa e, ao fazê-lo, vire o rosto para não vislumbrar a vergonha daquele que recebe.

❖

A distância entre o homem mais rico e o mais pobre encontra-se a apenas um dia de fome e uma hora de sede.

❖

Muitas vezes pedimos emprestado ao nosso amanhã
para pagar as nossas dívidas com nosso ontem.

❖

Também eu sou visitado por anjos e demônios,
mas me livro deles.
Quando se trata de um anjo, rezo uma velha
oração, e ele fica entediado.
Quando se trata de um demônio, cometo um
velho pecado, e ele me ignora.

❖

No fim das contas, esta não é uma prisão ruim,
mas não gosto dessa parede entre a minha
cela e a cela do prisioneiro ao lado.
No entanto, asseguro-lhe que não desejo censurar
nem o carcereiro nem o construtor da prisão.

❖

Aqueles que lhe dão uma serpente quando
você lhes pede um peixe podem não ter nada além
de serpentes para dar. Então, não deixa de ser uma
generosidade da parte deles.

❖

Às vezes, a trapaça dá certo,
mas ela sempre comete suicídio.

❖

Você é verdadeiramente capaz de perdoar quando absolve assassinos que nunca derramam sangue, ladrões que nunca roubam e mentirosos que não dizem nenhuma mentira.

❖

Aquele que consegue apontar o que separa o bem do mal é o mesmo que consegue tocar a barra da vestimenta de Deus.

❖

Se seu coração é um vulcão, como pode esperar que flores desabrochem em suas mãos?

❖

Que estranha forma de autoindulgência! Há momentos em que deixo que me cometam injustiças e enganações justamente para eu poder rir à custa daqueles que pensam que não sei que estou sendo injustiçado e enganado.

❖

O que haveria eu de dizer daquele que persegue e faz papel de perseguido?

❖

Que aquele que limpa as mãos sujas na sua vestimenta tome-a para si. Ele pode precisar dela novamente, o que, certamente, não é o seu caso.

❖

É uma pena que cambistas não possam ser bons jardineiros.

❖

Por favor, não esconda as suas falhas inatas com suas virtudes adquiridas. Eu manteria as minhas falhas, já que são só minhas.

❖

Quantas vezes atribuí a mim mesmo crimes que nunca cometi, para que a outra pessoa se sinta confortável na minha presença.

❖

Até mesmo as máscaras da vida são máscaras de um mistério mais profundo.

❖

Você apenas pode julgar os outros de acordo com seu conhecimento de si mesmo.
Diga-me agora, quem entre nós é culpado e quem é inocente?

❖

Verdadeiramente justo é aquele que se sente parcialmente culpado pelos erros que você comete.

❖

Somente os idiotas e os gênios infringem as leis criadas pelo homem, e são eles os mais próximos do coração de Deus.

❖

Você só se torna rápido quando é perseguido.

❖

Ó, Deus, não tenho inimigos, mas,
se eventualmente tiver algum,
que sua força seja igual à minha,
para que apenas a verdade possa se sair vencedora.

❖

Você será bastante amigável com o seu inimigo quando ambos morrerem.

❖

Pode ser que um homem cometa suicídio em legítima defesa.

❖

Muito tempo atrás, viveu um Homem que foi
crucificado por ser amoroso e amável demais.
É estranho relatar que, ontem mesmo,
eu O encontrei três vezes.
Na primeira, Ele estava pedindo a um policial
para que não levasse uma prostituta para a prisão.
Na segunda, Ele bebia vinho com um pária.
E, na terceira, Ele se encontrava aos socos
com um fiel dentro de uma igreja.

❖

Se tudo o que dizem acerca do bem e do mal
fosse verdade, então minha vida não passaria
de um longo crime.

❖

A pena é apenas metade da justiça.

❖

O único que foi injusto comigo foi o sujeito com
cujo irmão eu mesmo fora injusto.

❖

Quando você vir um homem ser levado
para a cadeia, diga em seu coração:
— Talvez ele esteja escapando de uma
prisão ainda mais restrita.
E, quando vir um homem bêbado,

diga em seu coração:
— Talvez ele estivesse procurando escapar
de algo ainda mais feio.

❖

Muitas vezes odiei em legítima defesa, mas,
se eu fosse mais forte, não seria essa a arma
que eu teria usado.

❖

Quão estúpido é aquele que remenda o ódio em
seus olhos com o sorriso de seus lábios.

❖

Somente aqueles abaixo de mim podem
me invejar ou odiar.
Nunca fui invejado nem odiado,
não estou acima de ninguém.
Somente aqueles acima de mim podem
me elogiar ou menosprezar.
Nunca fui elogiado nem menosprezado,
não estou abaixo de ninguém.

❖

Aquilo que você me disse, "Eu não o entendo",
é um elogio muito além do meu valor e um
insulto que você mesmo não merece.

❖

Como sou mesquinho quando a vida
me dá ouro e eu lhe dou prata.
E, ainda assim, me considero generoso.

❖

Quando você chegar ao cerne da vida,
não se encontrará mais elevado do que o
criminoso nem mais baixo do que o profeta.

❖

É estranho que você tenha pena dos que caminham
lentamente, e não daqueles que pensam com lentidão.
E daqueles que são efetivamente cegos,
e não dos cegos de coração.

❖

É mais sensato ao coxo que não quebre
as suas muletas na cabeça do inimigo.

❖

Quão cego é o sujeito que lhe oferece,
tirando do próprio bolso, aquilo que
deveria tirar do seu coração.

❖

A vida é uma procissão. Aquele que caminha
lentamente acha-a rápida demais e logo dela sai.
E aquele que caminha com toda pressa
acha-a muito lenta e dela parte.

❖

Se existe pecado, alguns de nós o cometemos de forma retrógrada, seguindo os passos de nossos antepassados;
E alguns de nós nos adiantamos ao cometê-lo, prevalecendo sobre nossos filhos.

❖

Verdadeiramente bom é o sujeito em união com todos os considerados maus.

❖

Somos todos prisioneiros, mas alguns de nós nos encontramos em celas com janelas, ao passo que outros nem sequer as têm.

❖

É estranho que todos nós defendamos nossos erros com mais vigor do que nossos acertos.

❖

Se todos confessássemos nossos pecados uns aos outros, riríamos uns dos outros por nossa falta de originalidade.
Se todos revelássemos nossas virtudes, também riríamos, pelo mesmo motivo.

❖

Um indivíduo está acima das leis criadas pelo homem até que cometa um crime contra as

convenções criadas pelo homem; depois disso,
ele não está nem acima nem abaixo de ninguém.

❖

Todo governo é um acordo entre você e eu.
E você e eu frequentemente estamos errados.

❖

Crime é um outro nome para a necessidade
ou um aspecto de uma doença.

❖

Existe maior defeito do que ter a consciência
dos defeitos da outra pessoa?

❖

Se a outra pessoa ri de você, você pode ter pena dela;
mas se você ri dela, pode nunca conseguir se perdoar.
Se a outra pessoa o fere, você pode esquecer a injúria;
mas se é você quem a fere,
você sempre se lembrará dela.
Na verdade, a outra pessoa é o seu eu
mais sensível, ofertado a um outro corpo.

❖

Como você é negligente ao querer que os homens voem com suas próprias asas, sem ser capaz de lhes dar nem ao menos uma pena.

❖

Certa vez, um homem sentou-se à minha mesa,
comeu meu pão, bebeu meu vinho e foi
embora rindo de mim.
Então, ele veio até mim novamente em
busca de pão e vinho, e eu o rejeitei.
E os anjos riram de mim.

❖

O ódio é uma coisa morta.
Quem de vocês seria um túmulo?

❖

É uma honra para o assassinado
não ser o assassino.

❖

A tribuna da humanidade está em seu coração silencioso, nunca em sua mente falante.

❖

Consideram-me louco por não vender
meus dias por ouro.
E eu os considero loucos por acharem
que meus dias têm um preço.

❖

Eles espalharam diante de nós suas riquezas de ouro e prata, de marfim e ébano, e nós espalhamos diante deles nossos corações e nossos espíritos. E, ainda assim, eles se consideram os anfitriões e nós, os convidados.

❖

Jamais seria o menor dentre os homens com sonhos e desejo de realizá-los, mas sim o maior, sem quaisquer sonhos ou desejos.

❖

O mais miserável dentre os homens é aquele que transforma seus sonhos em prata e ouro.

❖

Estamos todos escalando em direção ao cume do desejo de nossos corações. Se um outro alpinista roubar sua bolsa e sua mala e passar a se vangloriar da própria riqueza, você deve sentir pena dele. A escalada será mais difícil para o corpo dele, e o fardo tornará seu caminho mais longo.

E se acaso você, em sua miséria, perceber o esforço que ele faz na subida, ofereça-lhe ajuda – isso acabará por aumentar sua própria agilidade.

❖

Você não pode julgar nenhum homem além do conhecimento que tem sobre ele – e como é pequeno o seu conhecimento.

❖

Eu não seria capaz de ouvir um conquistador pregando para seus conquistados.

❖

O homem verdadeiramente livre é aquele que suporta com toda a paciência o fardo da escravidão.

❖

Mil anos atrás, meu vizinho me disse:
— Odeio a vida, pois ela não passa de algo doloroso.
E ontem mesmo passei por um cemitério
e vi a vida dançando sobre seu túmulo.

❖

Na natureza, a discórdia nada mais é do que a desordem ansiando pela ordem.

❖

A solidão é uma tempestade silenciosa que quebra todos os nossos galhos mortos. No entanto, ela envia nossas raízes vivas para dentro do coração vivo da terra viva, com toda a profundidade.

❖

Certa vez, falei do mar a um riacho, e o riacho pensou que eu simplesmente estava exagerando na minha imaginação. E certa vez falei de um riacho ao mar, e o mar pensou que eu era apenas um caluniador desdenhoso.

❖

Como é estreita a visão que exalta a agitação da formiga, depreciando o canto do gafanhoto.

❖

A maior virtude aqui pode ser a menor delas em um outro mundo.

❖

O profundo e o elevado dirigem-se às profundezas ou às alturas em linha reta; apenas o vasto é capaz de se mover em círculos.

❖

Se não fosse por nossa concepção de pesos e medidas,
ficaríamos tão admirados com o vaga-lume quanto
ficamos diante do sol.

❖

Um cientista sem imaginação é um açougueiro
com facas cegas e balanças estragadas.
Mas que importa, já que não somos
todos vegetarianos?

❖

Quando você canta, o faminto ouve
você com o estômago.

❖

A morte não está mais próxima dos idosos do
que dos recém-nascidos –nem a vida.

❖

Se você realmente precisa ser sincero, seja
sincero lindamente. Caso contrário, fique em
silêncio, pois há um homem em nossa
vizinhança que está morrendo.

❖

Talvez um funeral entre os homens seja um
banquete de casamento entre os anjos.

❖

Pode ser que uma realidade esquecida morra,
deixando em seu testamento sete mil verdades
e fatos para serem gastos em seu funeral e na
construção de um túmulo.

❖

Na verdade, falamos apenas com nós mesmos,
mas às vezes falamos alto o suficiente para que
os outros sejam capazes de nos ouvir.

❖

Óbvio é aquilo que nunca é visto até que
alguém o expresse de forma simples.

❖

Se a Via Láctea não estivesse dentro de mim,
como eu poderia tê-la visto ou conhecido?

❖

A menos que eu seja um médico entre médicos,
não haveriam de acreditar que sou um astrônomo.

❖

Talvez a definição de mar para
uma concha seja a pérola.
Talvez a definição de carvão para
o tempo seja o diamante.

❖

A fama é a sombra da paixão que se posta sob a luz.

❖

Uma raiz é uma flor que desdenha a fama.

❖

Não há nem religião nem ciência além da beleza.

❖

Todo grande homem que conheci tinha algo pequeno em sua constituição, e era esse algo pequeno que lhe impedia a inatividade, a loucura ou o suicídio.

❖

O grande homem de verdade é aquele que não domina ninguém e que não quer ser dominado por ninguém.

❖

Eu não acreditaria que um homem é medíocre simplesmente por ele matar os criminosos e os profetas.

❖

A tolerância é o amor sofrendo da doença da arrogância.

❖

Os vermes haverão de prevalecer.
Ainda assim, não é estranho que até mesmo
elefantes acabem por sucumbir?

❖

Um desentendimento pode ser o atalho
mais curto entre duas mentes.

❖

Eu sou a chama e sou o arbusto seco,
e uma parte de mim consome a outra.

❖

Todos nós buscamos o cume da montanha sagrada,
mas nosso caminho não seria mais curto se
considerássemos nosso passado como
um mapa e não um guia?

❖

A sabedoria deixa de ser sabedoria quando se
torna orgulhosa demais para chorar, séria demais
para rir e egoísta demais para buscar outra coisa
além de si mesma.

❖

Se tivesse me preenchido com tudo o que você sabe,
que espaço teria eu para tudo o que você não sabe?

❖

Aprendi o silêncio com os falantes, a tolerância com os intolerantes e a gentileza com os rudes. Mas, que estranho, não sinto gratidão por tais professores.

❖

Um fanático é um orador completamente surdo.

❖

O silêncio dos invejosos é por demais barulhento.

❖

Quando você chegar ao fim do que deveria saber, estará no começo do que deveria sentir.

❖

Um exagero é uma verdade que perdeu a paciência.

❖

Se você só consegue ver o que a luz revela e
ouvir apenas o que o som anuncia,
então, na verdade, você não vê nem ouve.

❖

Um fato é uma verdade sem gênero.

❖

Você não pode rir e ser cruel ao mesmo tempo.

❖

Os mais próximos do meu coração são um rei sem reino e um pobre que não sabe mendigar.

❖

Um fracasso acanhado é mais nobre do que um sucesso arrogante.

❖

Cave em qualquer lugar da terra e você encontrará um tesouro, contanto que cave com a fé de um camponês.

❖

Disse uma raposa sendo perseguida por vinte cavaleiros e uma matilha de vinte cães:

— É claro que vão me matar. Mas como eles devem ser pobres e estúpidos. Certamente não valeria a pena para 20 raposas cavalgando 20 jumentos e acompanhadas por 20 lobos perseguirem e matarem um homem.

❖

É a nossa mente que se rende às leis feitas por nós, mas nunca nosso espírito.

❖

Sou um viajante e um navegador, e a cada dia descubro uma nova região dentro da minha alma.

❖

Uma mulher protestou dizendo:
— Claro que foi uma guerra justa.
Meu filho morreu nela.

❖

Eu disse à Vida:
— Gostaria de ouvir a Morte falar.
E a Vida levantou a voz um pouco mais alto, dizendo:
— Está ouvindo-a agora.

❖

Quando você resolve todos os mistérios da vida, anseia pela morte, já que ela nada mais é que mais um mistério da vida.

❖

Nascimento e morte são as duas mais nobres expressões de bravura.

❖

Meu amigo, você e eu permaneceremos
estranhos à vida,
E um ao outro, e cada um a si mesmo,

Até o dia em que você falar e eu ouvir,
Considerando sua voz a minha própria;
E quando eu estiver diante de você,
Pensando que me encontro diante de um espelho.

❖

Dizem-me:

— Se você se conhecesse, conheceria todos os homens.
E eu respondo:

— Somente quando eu buscar todos os homens
é que haverei de me conhecer.

❖

O homem é dois homens; um está acordado na escuridão, o outro está dormindo na luz.

❖

Um eremita é alguém que renuncia ao mundo dos fragmentos para poder desfrutar – completamente e sem interrupções – do mundo.

❖

Existe um campo verde entre o acadêmico e o poeta; se o acadêmico o atravessar, haverá de se tornar um homem sábio; se o poeta atravessá-lo, haverá de se tornar um profeta.

❖

Ontem, vi filósofos no mercado carregando a cabeça deles em cestos e gritando em voz alta:
— Sabedoria! Sabedoria à venda!
Pobres filósofos! Eles precisam vender a cabeça para alimentar seu coração.

❖

Disse um filósofo a um gari:
— Tenho pena de você. Seu trabalho é difícil e sujo.
E o gari disse:
— Obrigado, meu senhor.
Mas me diga qual é o seu trabalho.
E o filósofo respondeu, dizendo:
— Eu estudo a mente do homem, suas ações e seus desejos.
Então, o gari continuou varrendo e disse com um sorriso:
— Também tenho pena de você.

❖

Aquele que ouve a verdade não é menos do que aquele que a profere.

❖

Nenhum homem pode traçar um limite entre necessidades e luxos. Somente os anjos podem fazê-lo, e os anjos são sábios e melancólicos. Talvez os anjos sejam nosso melhor pensamento no espaço.

❖

Ele é o verdadeiro príncipe que encontra
seu trono no coração do dervixe.

❖

Generosidade é dar mais do que se pode,
e orgulho é pegar menos do que se precisa.

❖

Na verdade, você não deve nada a nenhum homem.
Você deve tudo a todos os homens.

❖

Todos aqueles que viveram no passado vivem
conosco agora. Certamente nenhum de nós
seria um anfitrião ingrato.

❖

Aquele que mais deseja, mais vive.

❖

Dizem-me:
— Mais vale um pássaro na mão do que dois voando.
Mas eu digo:
— Mais valem um pássaro e uma pena voando
do que dois pássaros na mão.
Sua busca por essa pena é a vida com pés
alados – não, é a própria vida.

❖

Há apenas dois elementos aqui: beleza e verdade; beleza no coração dos amantes e verdade nos braços dos agricultores.

❖

Uma grande beleza cativa-me, mas uma beleza ainda maior me liberta até dela mesma.

❖

A beleza brilha mais forte no coração de quem a deseja do que nos olhos de quem a vê.

❖

Admiro aquele que me revela sua própria mente; honro aquele que me revela seus próprios sonhos. Mas por que fico tímido, até mesmo um pouco envergonhado, diante daquele que me serve?

❖

Os talentosos já tiveram orgulho em servir príncipes. Agora, reivindicam honra por servir pobres.

❖

Os anjos sabem que muitos homens práticos comem o pão com o suor do rosto dos sonhadores.

❖

A sagacidade é frequentemente uma máscara. Se você pudesse rasgá-la, encontraria a genialidade irritada ou a inteligência em meio a malabarismos.

❖

A compreensão atribui-me entendimento,
e o embotamento, estupidez.
Acho que ambos estão certos.

❖

Somente aqueles com segredos em seu coração poderiam adivinhar os segredos em nossos corações.

❖

Aquele que compartilhar de seu prazer, mas não de sua dor, perderá a chave de um dos sete portões do Paraíso.

❖

Sim, existe um Nirvana. Ele consiste em levar suas ovelhas para um pasto verde, em colocar seu filho para dormir e em escrever o último verso do seu poema.

❖

Nós escolhemos nossas alegrias e tristezas muito antes de vivenciá-las.

❖

A tristeza é apenas um muro entre dois jardins.

❖

Quando sua alegria ou sua tristeza se tornam grandes, o mundo se torna pequeno.

❖

O desejo é metade da vida; a indiferença é metade da morte.

❖

O mais amargo na nossa tristeza de hoje é a lembrança da alegria de ontem.

❖

Dizem-me:

— Você precisa escolher entre os prazeres neste mundo e a paz no próximo mundo.

E eu lhes digo: — Escolhi tanto os prazeres neste mundo quanto a paz no próximo. Pois eu sei em meu coração que o Poeta Supremo escreveu apenas um poema, e sua escansão é perfeita, assim como sua rima.

❖

A fé é um oásis no coração que nunca será alcançado pela caravana do pensamento.

❖

Quando você atingir a sua altura, haverá de desejar
apenas o desejo; e terá fome, de fome; e terá sede,
de uma sede muito maior.

❖

Se você revelar seus segredos ao vento,
não deve culpá-lo por revelá-los às árvores.

❖

As flores da primavera são os sonhos do inverno
relatados na mesa do café da manhã dos anjos.

❖

Disse um gambá a uma tuberosa:
— Veja como eu corro rápido, ao passo que você
nem mesmo é capaz de andar ou rastejar.
Disse a tuberosa ao gambá:
— Ó, nobre e ágil corredor, por favor,
corra bem rápido daqui!

❖

As tartarugas conseguem dizer mais
sobre as estradas do que as lebres.

❖

É estranho que as criaturas sem espinha dorsal
tenham justamente as carapaças mais duras.

❖

O mais falador é o menos inteligente, e não há muita diferença entre um orador e um leiloeiro.

❖

Seja grato por não ter de viver abaixo da fama de um pai nem da riqueza de um tio.
Mas, acima de tudo, seja grato por ninguém ter de viver abaixo da sua fama ou da sua riqueza.

❖

Apenas quando o malabarista não consegue pegar a bola é que me interesso por ele.

❖

O invejoso elogia-me sem saber.

❖

Por muito tempo, você foi um sonho durante o sono de sua mãe e, então, ela acordou para lhe dar à luz.

❖

A semente da raça está no desejo de sua mãe.

❖

Meu pai e minha mãe desejaram um filho
e acabaram por me gerar.
E eu quis uma mãe e um pai, gerando a noite e o mar.

❖

Alguns de nossos filhos são nossas justificativas,
e alguns são apenas nossos arrependimentos.

❖

Quando a noite chega e você também se torna
sombrio, deite-se e torne-se sombrio com vontade.
E quando a manhã chega e você ainda permanece
sombrio, levante-se e diga ao dia, com vontade:
— Permaneço sombrio. É estúpido desempenhar
qualquer papel juntamente com a noite e o dia.
Ambos rirão de você.

❖

A montanha envolta em névoa não é uma colina; um
carvalho na chuva não é um chorão.

❖

Eis aqui um paradoxo: o profundo e o
elevado estão mais próximos um do outro do
que o medíocre de cada um deles.

❖

Quando eu me encontrava diante de você
como um espelho límpido, você olhou para
mim e viu a própria imagem.
Então, disse-me:
— Eu amo você.
Mas, na verdade, se amou em mim.

❖

Quando você passa a gostar de amar o próximo,
isso deixa de ser uma virtude.

❖

O amor que não está sempre desabrochando
está sempre morrendo.

❖

Você não pode ter juventude e a consciência dela ao mesmo tempo; porque a juventude está ocupada demais vivendo para ter consciência, e a consciência está ocupada demais buscando a si mesma para viver.

❖

Você pode se sentar à sua janela observando os transeuntes. E, observando, pode ver uma freira caminhando à sua direita, e uma prostituta à sua esquerda. E poderia dizer, em sua inocência:

— Como uma é nobre, e como a outra é desprezível.

Mas se você fechasse seus olhos e escutasse por um tempo, ouviria uma voz sussurrando no éter:

— Uma delas me procura na oração, e a outra, na dor. E no espírito de cada uma há espaço para o meu espírito.

❖

Uma vez a cada cem anos, Jesus de Nazaré encontra o Jesus dos cristãos em um jardim entre as colinas do Líbano, e eles conversam muito. E, toda vez, Jesus de Nazaré vai embora dizendo ao Jesus dos cristãos:

— Meu amigo, temo que nunca, jamais, chegaremos a um acordo.

❖

Que Deus alimente aqueles que têm abundância em demasia!

❖

Um grande homem tem dois corações: um deles sangra, e o outro contém-se.

❖

Se alguém contar uma mentira que não prejudique nem você nem ninguém, por que não dizer em seu coração que a casa dos fatos dele é pequena demais para as próprias fantasias e que ele teve que deixá-la para viver em um espaço maior?

❖

Atrás de cada porta fechada há um mistério selado com sete selos.

❖

Esperar é o ritmo do tempo.

❖

E se o problema fosse uma nova janela na fachada oriental da sua casa?

❖

Você pode esquecer aquele com quem riu, mas nunca aquele com quem chorou.

❖

Deve haver algo estranhamente sagrado no sal. Ele está em nossas lágrimas e no mar.

❖

Nosso Deus, em Sua sede graciosa, beberá tudo de nós, tanto a gota de orvalho quanto a lágrima.

❖

Você é apenas um fragmento do seu eu gigante, uma boca que busca pão e uma mão cega que segura o copo na direção de uma boca sedenta.

❖

Se você se elevasse um côvado[5] *acima da raça, do país e de si mesmo, de fato se tornaria divino.*

❖

Se eu fosse você, não encontraria defeito
no mar quando na maré baixa.
Temos um bom navio e nosso capitão é capaz –
simplesmente seu estômago
encontra-se em desordem.

❖

Se você se sentasse em uma nuvem,
não veria a fronteira entre um país e outro,

5 Antiga unidade de medida de comprimento, baseada na distância entre o cotovelo e a ponta do dedo médio. Era usada no Antigo Egito e em Roma.

nem a cerca entre uma fazenda e outra.
É uma pena que você não possa se sentar
em uma nuvem.

❖

Sete séculos atrás, sete pombas brancas
ergueram-se de um vale profundo,
voando para o cume nevado de uma montanha.
Um dos sete homens que assistiu ao voo disse:

— Estou vendo uma mancha preta
na asa da sétima pomba.

Hoje, as pessoas daquele vale contam sobre sete
pombas pretas que voaram para o cume
da montanha nevada.

❖

No outono, juntei todas as minhas tristezas
e enterrei-as no meu jardim.

E, quando abril retornou e a primavera chegou
para se casar com a terra, cresceram no meu jardim
lindas flores, diferentes de todas as outras.
E meus vizinhos vieram vê-las, e todos me disseram:

— Quando o outono chegar novamente,
na época da semeadura, você nos daria
sementes dessas flores para que possamos
tê-las em nossos jardins?

❖

É algo realmente triste se eu estendo a mão vazia aos homens e não recebo nada; mas se torna desesperador se eu estendo a mão cheia e não encontro ninguém para receber.

❖

Anseio pela eternidade porque lá encontrarei meus poemas não escritos e minhas imagens não pintadas.

❖

A arte é um passo da natureza em direção ao Infinito.

❖

Uma obra de arte é uma névoa esculpida em uma imagem.

❖

Até as mãos que fazem coroas de espinhos são melhores do que mãos ociosas.

❖

Nossas lágrimas mais sagradas nunca buscam nossos olhos.

❖

Todo homem é descendente de todos os reis
e de todos os escravos que já viveram.

❖

Se o bisavô de Jesus soubesse o que estava escondido
dentro dele, não teria se admirado consigo mesmo?

❖

Acaso o amor da mãe de Judas por seu filho era
menor do que o amor de Maria por Jesus?

❖

Há três milagres do nosso Irmão Jesus ainda
não registrados no Livro: o primeiro, que Ele era
um homem como você e eu; o segundo, que Ele
tinha senso de humor; e o terceiro, que Ele sabia
ser um vencedor, mesmo vencido.

❖

Ó, Crucificado, o Senhor foi pregado sobre meu
coração, e os pregos que perfuram as Suas mãos
perfuram as paredes do meu coração.
E amanhã, quando um estranho passar por este
gólgota, não saberá que dois aqui sangraram.
E há de julgar que se trata do sangue
de apenas um homem.

❖

Você pode ter ouvido falar da Montanha Abençoada.
É a montanha mais alta do nosso mundo.
Se você alcançasse seu cume, teria apenas
um desejo, o de descer e de estar com aqueles que
moram no vale mais profundo.
E é por isso que a chamam de Montanha Abençoada.

❖

Todo pensamento que aprisionei na expressão,
devo libertar por meio de minhas ações.

Impressão e Acabamento
Gráfica Oceano